Erscheint am 22. Februar 2016

Bitte beachten Sie die Sperrfrist.

Presse-Informationen: Thomas.Rohde@hanser.de

JOHANNA ADORJÁN

Geteiltes Vergnügen

Roman

Hanser Berlin

1 2 3 4 5 20 19 18 17 16

ISBN 978-3-446-25071-0

Satz: Greiner & Reichel, Köln
Druck und Bindung: CPI books GmbH, Leck
Printed in Germany

Geteiltes Vergnügen

TEIL EINS

ZULETZT SAH ICH ihn gestern Nacht. Er trug ein dunkles Hemd, er hielt sich aufrecht, nur wenn man genau hinsah, konnte man erkennen, dass er komplett verloren war. Für weniger aufmerksame Beobachter mag es ausgesehen haben, als sei er einfach nur sehr betrunken. Seine Augen waren wie hinter einem Schleier. Manchmal wankte er leicht oder hielt sich ein bisschen zu lange am Arm der Person fest, die gerade neben ihm stand. Und ständig waren Frauen um ihn herum und strichen ihm über den Kopf und umarmten ihn und hielten ihn kurz. Obwohl er so viel größer war als sie alle. Obwohl er nicht zu halten war.

Ohne Zigarette kann ich ihn mir gar nicht vorstellen. Irgendwo ist immer eine mit im Bild, steckt ihm brennend im Mund oder zwischen den Fingern oder, in Räumen, in denen Rauchen verboten ist, schon griffbereit hinterm Ohr.

Er ist lang und schlank, und seine typische Körperhaltung ist leicht nach vorne gebeugt oder zumindest mit eingezogenem Kopf, als wolle er niemandem mit seiner Größe auf die Nerven gehen. Seine verwaschen blonden Haare trägt er im Winter kurz und lässt sie dann wachsen, bis sie ihm über die Augen fallen und er sie sich ständig aus der Stirn streicht, was er mit einer schwungvollen und zugleich zärtlichen Bewegung tut. Er strahlt etwas Sorgloses, Verschwenderisches aus, und dazu passt, wie er sich anzieht – nach Urlaub irgendwie, helles Hemd, die Ärmel aufgekrempelt, großer Kragen.

Und dann wieder kann er unendlich verlassen aussehen.

Wie einer dieser blassen jungen Männer auf einem Elizabeth-Peyton-Porträt. Eher elend als hübsch, todernst und unrettbar allein. Ich glaube, es liegt an seinen Augen. Sie sind blassblau, und manchmal scheinen sie wie aus einer weiten Ferne aufzutauchen und erst allmählich und ohne große Anteilnahme die unmittelbare Umgebung wahrzunehmen. Als ich diesen Blick die ersten Male bemerkte, fand ich ihn auf eine anziehende Weise arrogant. Doch je länger ich ihn kannte, desto erdrückender wurde die Traurigkeit, die ich darin sah.

Und gestern Nacht sah er mich noch einmal an. Für einen undeutlichen Moment ruhte sein Blick auf mir, aber es schien keine besondere Erinnerung daran geknüpft zu sein. Dann murmelte er »See you around«, drehte sich um – und war fort.

*

Sommer, vor einem Jahr. Ein warmer Abend, eine Geburtstagseinladung, ein langer Tisch auf dem Bürgersteig vor einem Restaurant. Er kam spät, und alle, die ihn kannten, schienen geradezu erleichtert, ihn zu sehen. Als könnte die Party nun endlich beginnen. Ich hatte von ihm gehört. Wir bewegten uns in denselben Kreisen, aber er bewegte sich schneller, war jedes Mal schon wieder fort, wenn ich kam. Nur sein Name hing dann noch im Raum, so oft wurde sich gegenseitig wiederholt, was er gesagt hatte oder getan. Hast du gehört, was Tom … Tom … dieser Geiger … Tom Natanson.

Sein Vater war ein bekannter Pianist, der in den späten fünfziger und den sechziger Jahren als einer von wenigen Amerikanern (wenn auch russischer Abstammung) jenseits des Eisernen Vorhangs Konzerte gab; ein Auftritt 1962 in Budapest, bei dem er Gershwin als Zugabe spielte, gilt heute noch als legendär. Dessen Vater wiederum war ein noch bekannterer Dirigent gewesen. Mir persönlich bedeutete allerdings seine Mutter mehr – die Essayistin und Drehbuchautorin Jill Bachner Natanson, deren (seltene) Texte im *New Yorker* ich so liebte.

Und hier war nun ihr Sohn.

Eine Weile lang unterhielt er sich im Stehen mit der Gastgeberin, und wie er sich ihr dabei zuwendete, wie er sich, wann immer sie etwas sagte, mit dem Oberkörper zu ihr neigte, als wolle er keine Silbe verpassen, schien sie auf einmal eine faszinierende Gesprächspartnerin zu sein. Es kam mir vor, als hätten alle am Tisch gerne gehabt, dass er sich neben sie setzen würde. Ein zusätzlicher Stuhl wurde organisiert, und er landete zwei Plätze von mir entfernt. Zwischen uns eine Frau, die so schön war, dass ich verstehen konnte, dass er sich nur für sie zu interessieren schien. Auch wenn ich es schade fand, das schon.

Noch etwas später kam seine Freundin nach. Sie arbeiteten zusammen. Sie waren Geiger und unterrichteten gemeinsam an der Musikhochschule. Die Freundin strahlte Ruhe und Ernst aus, und es schien ihr nichts auszumachen, dass sie einen Platz ganz am anderen Ende des Tisches bekam, wo keines der Gespräche je ankam. Sie hatte kurze dunkle Haare, ein ebenmäßiges, ungeschminktes Gesicht und war ebenso schlank wie er, vielleicht etwas drahtiger. Sie hieß wie ich: Jessica.

Nach Mitternacht wurde der Ort gewechselt, und alle, die noch nicht nach Hause gegangen waren, landeten im Hof eines Restaurants, wo wir uns auf den Stufen einer kurzen Treppe versammelten. Ich habe ein Foto davon. Ich sitze rechts – neben mir, mit einigem Abstand, die andere Jessica, aber wir scheinen keine Notiz voneinander zu nehmen. Ich schaue zur Seite, lache irgendjemanden an, von dem nur ein Hosenbein zu sehen ist. Meine Wangen sind gerötet, und ich sehe aus, als versuchte ich, sehr glücklich zu sein. Die andere Jessica betrachtet lächelnd ihr Knie. Tom steht genau hinter mir. Sein Kopf ist oben abgeschnitten, aber ich erkenne ihn an seiner Hand. Er spricht gerade mit jemandem, dem er einen Arm gestikulierend entgegenstreckt, die Finger gekrümmt, als halte er einen Bogen. Zwischen uns auf dem Boden liegt sein Geigenkasten aus Leder, dem anzusehen ist, dass er viele, viele Jahre lang herumgetragen worden ist.

Irgendwann saß er neben mir. Ich mochte ihn gleich. Er hatte eine angenehme Stimme und eine Art, rasant in Sätze hineinzustolpern und sie dann mittendrin abzubrechen, als hinge ein verlängerter Gedankenstrich in der Luft. Das gab seinem Gegenüber Gelegenheit, etwas einzuwerfen, woraufhin er seinen Satz möglicherweise anders beendete als ursprünglich vorgehabt, in der liebenswürdigen Absicht, sich letztlich einig zu sein. Es hatte etwas Spielerisches, das mir gefiel. Dann gerieten wir in andere soziale Zusammenhänge, und als ich irgendwann aufbrechen wollte und nach ihm suchte, um mich zu verabschieden, war ich enttäuscht, feststellen zu müssen, dass er schon gegangen war.

Kurze Zeit darauf war ich mit Aniko wieder im selben Restaurant. Es wurde spät, und wir wollten gerade gehen, als sie einen Anruf erhielt. Es war Tom, offenbar lose mit ihr verabredet, offenbar bereits auf dem Weg zu uns. Aniko sah aus, als wäre das eine sensationelle Nachricht. Ich war müde und wollte eigentlich ins Bett, aber da war er schon, kam durch die

Tür, wieder in einem weißen Hemd. Und mit seinem Erscheinen schien sich der Energielevel im ganzen Raum zu heben, mit einem Schlag war ich überhaupt nicht mehr müde, sondern froh, noch hier, wach und am Leben zu sein.

Er hatte Kokain dabei, was ich nicht erwartet hätte (ein Klassik-Musiker?), und wir nahmen zu dritt welches, wobei ich wie immer fand, das Elektrisierende daran waren die Minuten davor. Der gemeinsame Gang zur Toilette, das verschwörerische Moment, plötzlich eine Gruppe geworden zu sein, ein kleiner Kreis Eingeweihter mit einem sehr klar umrissenen gemeinsamen Ziel. Erstaunlicherweise schien sogar die seelenlose Droge Kokain durch Toms Gegenwart eine optimistische Qualität anzunehmen.

Ich glaube, noch auf dem Klo fanden wir heraus, dass wir beide, Tom und ich, von der Seite unserer Väter her (der falschen) jüdisch waren. Seine Mutter war ebenfalls väterlicherseits jüdisch, was mich freute, weil ich das Gefühl hatte, ihr dadurch näher zu sein. Vielleicht lag es auch daran, dass Aniko nicht mitreden konnte, jedenfalls fühlte es sich fast wie Verwandtschaft an.

Ich glaube, ich war es, die an jenem Abend vorschlug, noch weiterzuziehen, als das Restaurant irgendwann schloss. Wir gingen in eine kleine Bar in der Nähe, die wir aber zu voll und zu laut fanden, weshalb wir sie direkt durch die Hintertür wieder verließen, die auf einen Hof führte, von dem aus wir über einen Zaun in den Nachbarhof stiegen, wo Tische und Bierbänke standen und Leute herumsaßen und tranken. Wir setzten uns dazu, bestellten eine Runde Drinks und dann noch eine Runde – und plötzlich schlug die Stimmung um.

Zuerst küsste sie mich. Dann küsste ich ihn. Dann küsste

er sie. Und von da steuerte das Gespräch zwischen Tom und Aniko in eine Richtung, die ich seltsam fand, weil es so nüchtern ums Organisatorische ging. Ganz pragmatisch wurde besprochen, zu wem wir nun gehen würden. Toms Wohnung kam nicht in Frage, weil seine Freundin dort schlief. Anikos war zu weit weg. Blieb nur eine Möglichkeit, aber sosehr sie auch versuchten, mich zu überreden, er von links, sie von rechts, und obwohl ich mich von beiden so begehrt fühlte, dass ich tatsächlich fast nachgab – ich blieb bei meinem Nein. Nein, nicht heute, wo es schon so spät war, dass es fast wieder hell wurde. Nein, lieber nicht, nein, wirklich nein. Doch als ich kurz darauf nach Hause radelte, dachte ich: Vielleicht ein andermal, warum eigentlich nicht?

Zwei Straßenecken von der Bar entfernt holte Tom mich ein. Er war mir mit seinem Rad gefolgt und fragte, ob er noch einen Kuss haben könne. Er fragte es fast ein wenig scheu. Also küsste ich ihn, obwohl ich lieber gehabt hätte, wenn er mir nicht nachgekommen wäre, ich wollte hauptsächlich nicht unhöflich sein. »Aber du hast doch eine Freundin«, sagte ich. Ich weiß nicht mehr, was er darauf antwortete; höchstwahrscheinlich hat er gar nichts gesagt.

Ein paar Tage später, an einem Abend, der so warm war, dass man hinter jeder Straßenecke das Mittelmeer vermutete, traf ich meine Freundin Roni zum Essen. Wir hatten einen der kleinen Tische auf dem Bürgersteig, entlang der Längsseite des Restaurants. Ich merkte erst, dass Tom direkt hinter mir saß, Rücken an Rücken, als er irgendwann an unserem Tisch vorbeilief, um ins Haus zu gehen. Als er wieder rauskam, begrüßten wir uns. Ich sah mich um, neugierig, mit wem er da war. Neben ihm saß seine Freundin, Jessica, die mir freundlich zunickte. Die Frau ihnen gegenüber war so eindeutig Toms Mutter, dass er sie nicht hätte vorstellen müssen, was er nun tat. Sie hatte die gleichen vollen Haare (nur in lang), das gleiche verschmitzte Lächeln, und sie strahlte auch dieses Selbstvertrauen aus, das sich nicht spielen lässt, so eine Art grundsätzliches Einverstandensein mit der Welt. Sie sah nett aus, aber anders, als ich mir Jill Bachner Natanson vorgestellt hatte – perfekter geföhnt, amerikanischer, irgendwie teurer.

Die schönste Geschichte, die ich von ihr gelesen hatte, war ihre Erinnerung an eine Reise nach Chile, die sie als junge Reporterin unternommen hatte. Sie war damals im sechsten Monat schwanger gewesen und gegen den Rat ihres Arztes gereist. In einem schäbigen Hotelzimmer hatte sie in der ersten Nacht eine Fehlgeburt. Ganz allein brachte sie einen kleinen Jungen zur Welt, und obwohl er blau angelaufen war, als sie ihn aus sich herauszog, hatte sie nie zuvor etwas so Schönes gesehen. Ein paar Momente lang lebte er in ihrer Hand. Sie sahen sich an, verwundert und erstaunt. Dann hörte sein winziges Herz auf zu schlagen.

Ich hatte die Geschichte mehrmals gelesen und jedes Mal wieder geweint.

Ich drehte mich wieder zu Roni und flüsterte ihr zu, wer die Frau war, die da am Nebentisch saß. Aber sie las den *New Yorker* nicht und hatte noch nie von Jill Bachner Natanson gehört, und den restlichen Abend sprachen wir dann über meinen Exfreund, Nicolas. Dass er sich von mir getrennt hatte, fühlte sich immer noch wie ein Irrtum an. Ich trank zu viel Rosé in dieser Nacht, und ich weinte und machte ein Foto von Roni, die ein umwerfendes Lächeln hat, und sie machte eines von mir, weshalb ich noch weiß, dass ich ein rotes Kleid trug. Ich merkte nicht, dass in meinem Rücken nach der Rechnung gefragt, gezahlt und gegangen wurde. Doch als wir aufstanden, Roni und ich, waren all die anderen Tische und Stühle längst weggeräumt, und dort, wo Tom, Jessica und seine Mutter gesessen hatten, war nur noch leerer, dunkler Bürgersteig.

In den nächsten fünf Monaten sah ich Tom nie. Drei davon verbrachte ich in Paris, wo ich mir ein winziges Apartment gemietet hatte, ganz oben in einem siebten Stock, das außer einem Cinemascope-Blick über ein Meer aus graublauen Dächern nicht viel zu bieten hatte. Dafür war in der Ferne klein der Eiffelturm zu sehen. Meine Wohnung lag in derselben Gegend wie die von Nicolas, aber ich redete mir (und besorgten Freunden) ein, dass ich nicht etwa wegen, sondern trotz ihm in seiner Stadt war. Meistens war ich allein. Allein und unglücklich in Paris, das sich nirgends so sehr vermissen lässt wie in Paris. An jeder Straßenecke musste ich damit rechnen, Nicolas zu begegnen, womöglich mit seiner neuen Freundin, die zu dieser Zeit allerdings schon längst nicht mehr neu genannt werden konnte, jedenfalls nicht ernsthaft.

Tagsüber arbeitete ich an einem Roman. Er sollte, beginnend mit dem Ende, eine Trennungsgeschichte rückwärts nacherzählen, die Protagonistin hatte in jedem Kapitel eine andere Haarfarbe. Ich wollte ihn »Momente & Lügen« nennen. Mein Exposé war so überzeugend gewesen, dass ich bereits einen Verlag gefunden und die Hälfte meines Vorschusses ausbezahlt bekommen hatte. Doch seit der Vertragsunterzeichnung war ich wie gelähmt. Tagelang saß ich an einem Satz wie

»Von Dienstag bis Samstag ging sie einfach nicht ans Telefon, sah niemanden, verließ das Haus nur, um Zigaretten zu holen, und lag ansonsten auf diversen Sofamöbeln herum« – nur um ihn anschließend wieder zu löschen.

Abends ging ich ins Kino. Ich trank ziemlich viel Rotwein in dieser Zeit. Irgendwann in diese Einsamkeit eine Nachricht von Tom: »You are hard to find. Can we do something about that?«

Als ich zurück in München war, wieder Wochen später, rief er mich an. Ob ich Lust hätte, mit ihm am Abend etwas trinken zu gehen? Doch ich war bereits verabredet, und wir vereinbarten, uns ein andermal zu sehen. Bald. Es war ein angenehm unkompliziertes, kurzes Gespräch, und obwohl ich ungern am Telefon Englisch spreche, fühlte ich mich nach dem Auflegen beschwingt. Wie ich gehört hatte, waren er und seine Freundin mittlerweile getrennt.

Tatsächlich hatte ich am Abend so etwas wie ein Date. Er hieß Marc. Ich hatte ihn bei einem Essen von gemeinsamen Bekannten kennengelernt. Schauspieler. Eigentlich Theater, aber hauptsächlich Werbung. Er sah gut aus, fast zu gut, wie die Karikatur eines gutaussehenden Mannes: dunkelhaarig, breitschultrig, auffallend weiße Zähne. Wir hatten uns kurz nett unterhalten, ohne dass mir in Erinnerung geblieben wäre, worüber, aber sein Lachen hatte ich noch im Ohr. Es war dunkel und mit viel Zwerchfell, fast wie gesungen. Beim Abschied hatte er mich nach meiner Nummer gefragt.

Bestimmt sechs Nachrichten waren zwischen uns hin und her gegangen, bis der Ort des Treffens festgelegt war. Ein neuer Japaner im Glockenbachviertel. Es sei wahnsinnig schwierig gewesen, überhaupt noch eine Reservierung zu bekommen. Hinter diesen Satz hatte er ein Smiley gesetzt, dessen Bedeutung ich nicht verstand.

Ich wartete vor dem Eingang auf ihn. Er trug eine Wollmütze, die er den ganzen Abend nicht abnehmen sollte. »Grüß dich«, sagte er. Seine Wangen fühlten sich frisch rasiert an, und er roch nach einem Parfüm, das ein Exfreund von mir benutzt hatte, der psychisch ein wenig labil gewesen war. Ich musste an das kleine, mit viel Türkis eingerichtete Zimmer in einer Privatklinik am Bodensee denken, in der ich ihn besucht hatte, kurz nachdem wir eine »Pause« vereinbart hatten, die rückblickend das Ende gewesen war. An seine Zimmertür hatte er das berühmte *National Geographic*-Foto der jungen Afghanin mit den weit aufgerissenen hellgrünen Augen gehängt. Ich hatte überhaupt nichts verstanden. Nicht das Bild, nicht den Klinikaufenthalt, nicht das Parfüm.

»Es soll hervorragenden Sake hier geben«, sagte Marc auf dem Weg ins Restaurant, das sich im Erdgeschoss eines Neubaus befand, in dem es nach Zahnarztpraxis roch. »Ich hoffe, du trinkst Alkohol.« Das Entree war mit Kies ausgelegt, was das Gehen auf hohen Absätzen etwas erschwerte. Von irgendwo her war leises Rauschen zu hören, wie von einem Bach. Marc steuerte zügig auf den Empfangstresen zu, von dem uns zwei Männer in Anzügen schon geduldig entgegenlächelten. »Ich habe reserviert. Zwei Personen, 18 Uhr 45.«

Die Männer klappten ein in schwarzes Leder gebundenes Buch auf, versenkten sich kurz darin, und einer malte mit einem Bleistift ein paar Striche hinein. »Wenn Sie meinem Kollegen bitte zu Ihrem Tisch folgen mögen.« Der Raum war dunkel, die Tische nur punktuell durch Halogenstrahler beleuchtet. Wir waren die einzigen Gäste. Es war so leise, dass ich irgendwann merkte, dass ich versehentlich den Atem anhielt.

Der Kollege rückte die Stühle für uns zurecht und entfernte sich. Kaum war er verschwunden, tauchte von der anderen Seite eine sehr hübsche junge Japanerin auf. Sie trug eine schwarze Kittelschürze über ihrer weißen Bluse und platzierte freundlich zwei Speisekarten auf den Tisch. »Let me explain the concept«, sagte sie in breitem Amerikanisch, das eine Zahnspange enthüllte, und erklärte dann, dass empfohlen werde, das Menü zu bestellen. Man könne selbstverständlich auch einzelne Speisen bestellen, allerdings würde sie in diesem Fall zu mindestens drei Gerichten raten, da die Portionen nicht allzu üppig seien. Und schon war sie wieder weg, irgendwohin in der Dunkelheit verschwunden.

»Entschuldigen Sie«, rief Marc in keine bestimmte Richtung. »Excuse me, hello, sorry?« Beinahe augenblicklich tauchte wiederum von der anderen Seite eine neue japanische Bedienung auf und lächelte fragend. »I would like to order something to drink«, sagte Marc. »What kind of Sake do you … hello?«

Die Frau hatte sich, während er sprach, unter Andeutung einer Verbeugung rückwärts aus unserem Blickfeld zurückgezogen. Dafür erschien von der anderen Seite der Mann, der uns zum Tisch geführt hatte, und reichte eine Getränkekarte in unser Lichtfeld.

Marc sah mich an, als wolle er etwas sagen, sagte dann aber nichts.

Schweigend versenkten wir uns in die Karten. Es war ein ziemlich teures Restaurant.

»Bisschen wie in einer Klippklappkomödie, oder?«, sagte ich irgendwann.

»Was, warum?«

»Bisschen wie in der Komödie im Bayerischen Hof, wo dauernd jemand von einer anderen Seite kommt, oder?«

»Ich hab da auch schon mal gespielt.«

»Ja, ich meine es ja gar nicht kritisch. Nur weil dauernd jemand Neues von der Seite kommt.«

»Das ist unheimlich schwer, eine richtig gute Boulevardkomödie zu machen. Das will ich erst mal sehen, ob« – er nannte den Namen eines Schauspielers, der gerade als Hauptdarsteller in großen Shakespeare-Dramen an den Kammerspielen für ein ausverkauftes Haus sorgte – »das könnte.«

»Ich habe es ja gar nicht kritisch gemeint, eigentlich ganz neutral.«

Wir sprachen dann über etwas anderes, wir bestellten, und bis die Vorspeisen gebracht wurden, die, weil Marc nicht so großen Hunger hatte, alles war, was wir genommen hatten, unterhielt er mich mit Witzen. Von allen Dialekten, die er konnte, machte ihm Fränkisch sichtlich am meisten Spaß.

»Ist dir nicht heiß unter der Mütze?«, fragte ich, denn ihm stand etwas Schweiß auf der Stirn, aber er antwortete auf etwas anderes.

Das Essen war gut, aber nicht besonders, und als ich nach Salz fragte, brachte man mir mit feierlicher Geste eine Flasche mit einer durchsichtigen Flüssigkeit darin, die ich bitte auf meine Speise sprühen möge. »Dies verwenden wir statt Salz«, sagte der Kellner, wieder der erste, »es ist bekömmlicher.« Leider aber war es kein bisschen salzig.

Irgendwann, vielleicht ging es mit dem Anbrechen des dritten kleinen Tonkrugs Sake einher, fing Marc damit an, mir, immer wenn ich etwas sagte, was er offenbar für komisch oder bemerkenswert hielt, eine Hand hinzuhalten, damit ich sie abklatschte. »Du magst Facebook nicht? Gimme Five!« – »Du hast Angst vor dem Song ›Obladi Oblada‹? Hahaha, das ist gut.« Einmal ergriff er meine Hand nach dem Einschlagen und ließ sie dann mehrere Sätze lang nicht mehr los.

»Sag mal, und wie kommt es, dass du keinen Freund hast?«

»Keine Ahnung? Ist halt gerade so.«

»Aber wie kann denn das sein? Einer Frau wie dir müssten die Typen doch eigentlich die Tür einrennen.«

Ich erklärte ihm, dass es ja nicht immer daran liege, dass es keine Männer gebe, die sich für einen interessierten, sondern dass man doch schon einen wolle, in den man sich verlieben könne. Und dann sei es natürlich auch immer eine Frage von Zufall, ob und wann man jemanden träfe. Liebe sei schließlich immer auch eine Frage des Timings.

»Zufall gibt es nicht«, sagte er und schüttelte ernst den Kopf.

»Doch. Klar gibt es Zufall.«

»Nein.«

»Doch.«

»Nein. Wenn ich etwas weiß, dann, dass es keine Zufälle gibt. Alles, was uns geschieht, kreieren wir selbst. Alles, was wir erleben, kreieren wir durch unseren Willen.«

Ich sagte dasselbe, was ich an dieser Stelle immer sage.

»Wie, und was ist dann mit dem Holocaust?«, wiederholte er. »Was soll mit dem Holocaust sein?«

»Haben also sechs Millionen Juden es selbst kreiert, dass sie ermordet wurden?«

»Nein, das will ich natürlich nicht …«

»Das hast du aber gerade …«

»Nee, was ich gesagt habe …«

Wenig später textete ich Tom, dass ich doch noch Zeit hätte diesen Abend. Sekunden später hatte ich seine Antwort: »Meet me at the bar downstairs my house«, mitsamt Adresse.

Er stand vor der Tür. Zigarette, weißes Hemd, Drink in der Hand. Als er mich kommen sah, nahm er einen letzten, schnellen Zug, schnippte die Zigarette weg und kam auf mich zu. »Jessica.« Ich mochte, wie er meinen Namen aussprach. Mit deutschem J, aber es klang trotzdem anders als sonst. Es klang neu. »Ich habe eine sehr wichtige Frage an dich«, sagte ich und nahm mir vor, mit den Konsonanten etwas sorgfältiger umzugehen. Er sah mich ernst an. »Glaubst du an Zufälle?«

»Du meinst, generell?«

»Ja. Glaubst du, es gibt so etwas wie den Zufall, oder gestaltet jeder von uns sein Leben mit allem, was passiert, selbst.«

»Natürlich gibt es Zufälle«, sagte er, »jede Menge.«

»Dann: Hallo.«

Wir gingen rein, er besorgte mir auch einen Gin Tonic, und wir setzten uns an einen der kleinen Tische, genauer: den einzigen, der noch frei war, mit exakt zwei Stühlen daran (was wir für einen schönen Zufall hielten), und ich offenbarte ihm, dass ich ein großer Fan seiner Mutter war. Er nickte nur. »Aber kein so großer wie ich.« Wir stritten uns kurz im Spaß, wer von uns beiden seine Mutter mehr bewunderte. Er gewann. Haushoch.

»Und gab's nie mal ne Phase, wo du rebelliert hast?«

»Es ist eher wahrscheinlich, dass sie noch gegen mich rebellieren wird, so schockierend oft, wie ich sie anrufe.«

»Wie oft?«

»Zuletzt, bevor du kamst. Und das ist dein Glück, muss man sagen, denn ich hatte bis zu diesem Anruf richtig schlechte Laune. Das passiert mir echt selten, ich weiß auch nicht, was heute mit mir los war, aber irgendwie war ich schlecht drauf.«

»Und dann hast du mit deiner Mutter telefoniert ...«

»Ich sollte sie eigentlich noch viel öfter anrufen. Ich weiß nicht, wie sie es macht, aber sie macht mir immer gute Laune.«

Er fragte mich, an was ich gerade arbeite, und interessierte sich sehr für mein Buch. Er fragte, wo ich wohne. Ob ich Geschwister habe. Was der mache. Was mein Vater von Beruf sei. Er fand Lektor einen guten Beruf.

»Und deine Mutter?«

»Die illustriert Kinderbücher. Und sie gibt Malkurse.«

»Wie schön. Ich kann überhaupt nicht malen. Du?«

Ich erzählte ihm, dass ich mit zehn Jahren einmal an einem Malwettbewerb teilgenommen und einen Preis gewonnen hatte. Die Verleihung war öffentlich gewesen. Es gab nur drei Preise, und die waren irgendwann alle an andere Kinder verliehen. Doch dann wurde feierlich verkündet, dass die Jury beschlossen habe, noch einen zusätzlichen Preis zu vergeben. Den Preis für das allerschlechteste Bild.

»Das ist grausam«, sagte er, »das tut mir sehr leid.«

»Danke, ich bin mehr oder weniger darüber hinweg.«

Ich fragte ihn nach seinen Kindheitstraumata, und er erzählte von einem Wellensittich, über dessen natürlichen Tod er so untröstlich gewesen war, dass seine Eltern ihn zum Tierpräparator gebracht hätten. Jimmy, so hieß er, habe dann noch viele Jahre lang neben seinem Bett auf dem Regal gestanden. Eigentlich genauso wie immer, nur etwas stiller vielleicht. Insofern ideal.

»Du hattest einen toten Vogel neben dem Bett?«

»So darfst du das nicht sagen. Es war immer noch Jimmy. Kennst du dieses tolle Geschäft in Paris, Deyrolle?«

Kannte ich nicht.

Er stand auf. »Komm, wir gehen kurz eine rauchen, dann erzähle ich dir davon.« Er trat hinter mich, nahm meinen Mantel von der Stuhllehne und hielt ihn mir fertig zum Hineinschlüpfen hin.

»Ja, aber meine Tasche.«

»Die lässt du hier.«

»Ja, meinst du? Einfach auf dem Tisch? Meinst du echt?«

»Ich lasse meinen Geigenkasten auch hier. Ich lasse den immer überall. Da passiert nie etwas.«

»Aber da ist alles drin.«

»Warte.« Er ging zu seinem Kasten, der neben dem Tisch auf dem Boden stand, nahm seine Geige heraus und legte sie auf meine Tasche. Er überprüfte, dass sie sicher lag. »So.« Dann hielt er mir angewinkelt seinen Arm hin, damit ich mich bei ihm unterhaken konnte.

Es war jetzt sehr kalt draußen, aber er schien in seinem Hemd nicht zu frieren. Er bot an, einen Schal für mich aus seiner Wohnung zu holen. Er sagte etwas Nettes über meine Locken. Er fand meine Meinung, ausgestopfte Tiere seien das Letzte, ein bisschen hart, aber nicht verkehrt. Und war so höflich, mich nicht auf den Widerspruch hinzuweisen, als ich hinzufügte, einen ausgestopften Flamingo hätte ich aber schon gerne im Bad. Er gab mir das Versprechen, mich niemals an seiner Zigarette ziehen zu lassen, und ließ mich etwas später wirklich nicht an seiner Zigarette ziehen. Er fragte mich, was für Filme ich mochte. Er fragte mich, wie ich zum Journalismus gekommen war. Er ließ »Zufall« als Antwort gelten.

»Schau, da wohne ich jetzt.« Er machte ein paar Schritte zur Straße hin und zeigte mit dem Finger nach oben.

»Wo? Ganz oben?«

»Eines drunter. Das große Fenster.«

Es war ein sonderbares Haus. Ein Komponist, mit dem Tom befreundet war, hatte es bauen lassen und wohnte auch darin. Von der Straße wirkte es abweisend – mehrere Stockwerke übereinandergeschichtete graue Betonplatten, deren Oberflächenstruktur aus der Nähe eine Maserung aufwies, in der sich Licht fing und spiegelte, weshalb das Grau zu funkeln schien. Die Fenster waren unterschiedlich groß und alle zur selben Seite hin von angewinkelten Betonschrägen verdeckt, die wie Haifischflossen aus dem Gebäude herausragten. Näherte man sich dem Haus von der einen Seite, wirkte es fensterlos. Von der anderen sahen die Fensterscheiben wie grimmige Schlitze aus, manche fast so klein wie Schießscharten, andere waren groß genug, dass die Spiegelung des gegenüberliegenden Gebäudes darin zu sehen war.

»Soll ich es dir zeigen?«

Es gab keine Klingel. Das Haus konnte nur von der Rückseite aus betreten werden. Man musste zunächst durch eine dunkle Einfahrt hindurch, um hinten den gläsernen Aufzug zu finden, der in einem silbernen Aluminiumkäfig geräuschlos die Rückfassade bis nach oben fuhr. In den unteren Stockwerken befanden sich Büros und die kleine Bar. Nur die oberen beiden Stockwerke waren bewohnt – von dem Komponisten, und, seit damals erst wenigen Tagen, von Tom.

Ich glaube, bei diesem ersten Mal bemerkte ich gar nicht, dass auch der Boden des Aufzugs aus Glas war. Bei Tageslicht konnte einem schwindlig werden, wenn man während der Fahrt nach unten sah. Der Komponist war nicht da, da waren nur Tom und ich, und ich folgte ihm durchs dunkle Innere. Irgendwo kamen Treppen vor, die wir hinabliefen, und wir durchquerten einen engen Nicht-Raum, in dem später sein Esstisch stehen würde, um in das Zimmer zu gelangen, in dem er schlief.

Es gab keine Tür. Die Wände waren grau. Die Decke so hoch, dass der Raum höher war als lang. Wir setzten uns auf eine schmale Couch, auf der weißer Filz lag oder ein anderer kratziger Stoff. Er erklärte mir, dass sie der ehemaligen Freundin des Komponisten gehöre, die kürzlich erst ausgezogen sei. Eine Sängerin, er nannte ihren Namen, ich hatte ihn sogar schon gehört. Ich erinnere mich, dass ich viel redete und Tom wenig und dass ich insgesamt immer negativer wurde, wie es mir seit der Trennung von Nicolas öfter passierte, wenn ich trank. Ein Künstler, den ich interviewt hatte, hatte in der Autorisierung das ganze Gespräch vergeigt; der Winter nervte mich, das Schumanns, Schauspieler, überhaupt München. Irgendwann unternahm ich einen unsinnigen Versuch, den kargen Raum wohnlicher zu gestalten. Ich arrangierte einige Bücher den Farben nach auf dem Tisch, trug eine Lampe von einer Seite auf eine andere, erklärte, alleine schon wegen der Akustik müsse hier ein Teppich rein. Er beobachtete mich, amüsiert.

»Und du und deine Freundin, ihr habt euch getrennt?«

»Ja, aber wir sind noch befreundet.«

»Wie macht ihr das?«

»Was meinst du?«

»Ich meine, wie bleibt man befreundet? Ich habe das nie hingekriegt, mit keinem meiner Exfreunde. Was ist das Geheimnis?«

»Es gibt kein Geheimnis«, sagte er. »Wir mögen uns einfach, das ist alles.«

Plötzlich war es zwei Uhr, und ich erschrak und wollte gehen. Tom begleitete mich zum Aufzug, den man nur von einem Stockwerk über oder unter seinem nehmen konnte. Seine Wohnung lag wie ein Versteck dazwischen. Ich habe nie ganz verstanden, wie viele Stockwerke es insgesamt waren, oder nahm manchmal an, ich wäre in einem, während ich in Wahrheit in einem anderen war. Es gab keine Türen zwischen ihnen, oder wenn es welche gab, standen sie immer offen. Im Inneren des Hauses war alles grau. Man konnte sich leicht verirren darin, es ist mir oft passiert.

War es in jener Nacht, dass ich nicht darauf achtete, wo ich entlanglief und diese eine große Stufe nicht bemerkte, die es in jedem Stockwerk gibt? Von ihren Proportionen her eher für lange Männerbeine gedacht als für meine. Jedenfalls stolperte ich bei einem meiner ersten Besuche über sie und verletzte mich an ihrer scharfen Kante am Schienbein. Es blutete, nur eine winzige Wunde, aber eine kleine Narbe ist bis heute zu sehen.

Während wir auf den Aufzug warteten, küssten wir uns. Plötzlich fühlte es sich dringend an. Wir umschlangen uns, und obwohl ich hohe Schuhe trug, musste er sich zu mir hinabbeugen, und als der Aufzug kam und sich seine Tür mit einem kleinen metallischen Bling öffnete, fielen wir fast hinein und machten dann einfach drinnen weiter. Aber das Licht in der Kabine war so hell, dass mir irgendwann einfiel, dass ich gar nicht wusste, wie ich eigentlich aussah um diese späte Uhrzeit, und ich brach mittendrin ab, sagte, halb versteckt hinter meinen Haaren, gute Nacht, die Tür schloss sich zwischen uns, und ich fuhr nach unten. Draußen war es kalt, aber ich fror nicht, und ich nahm auch kein Taxi, sondern lief den ganzen Weg zu mir nach Hause, weil ich so beschwingt war. Zum ersten Mal seit langem freute ich mich auf die Zukunft.

Weihnachten verbrachte Tom bei seinen Eltern in New York. Ich dachte manchmal an ihn, fragte mich, was um Himmels willen ich vier volle Stunden lang geredet hatte, und hoffte bloß, ich hatte nicht zu sehr geschimpft. Ich stand gerade an der Supermarktkasse, als eine Textnachricht von ihm kam. »Back next week. Dinner on Friday?« Ich war selbst überrascht, wie sehr ich mich darüber freute.

Silvester dachte ich an ihn und hätte ihn auf einer doofen Party gerne bei mir gehabt.

Freitag kam. Er erkundigte sich nicht, was ich machen wolle, ob ich dieses oder jenes Restaurant kenne, lieber italienisch oder asiatisch äße – er fragte nur nach meiner Adresse und informierte mich, dass er mich um acht abholen würde.

Er war pünktlich. Er war größer, als ich ihn in Erinnerung gehabt hatte. Ich war vorher nervös gewesen, aber es gab nicht einen Moment verlegenen Schweigens während unseres zehnminütigen Fußwegs zum Restaurant (dasselbe, wo ich ihn im Sommer mit seiner Mutter gesehen hatte). Er hatte nicht reserviert. Er reservierte nie. Er ging einfach hin und bekam immer einen Tisch. Selbst wenn keiner mehr frei war, wie an diesem Abend.

Und so wurde ein kleiner Extratisch für uns direkt neben dem Kücheneingang aufgestellt. Als er fertig gedeckt war, mit Tischtuch, Stoffservietten und Kerze, war es der hübscheste im ganzen Raum. Beim Essen erzählte er mir die Lebensgeschichte seines Großvaters, des Dirigenten, der in Baku in eine arme jüdische Familie hineingeboren worden war. Als kleiner Junge wurde er zu entfernten Verwandten nach England geschickt, wo er auf ein Musikinternat kam. Es stellte sich heraus, dass er das absolute Gehör hatte und am Klavier so begabt war, dass ihm eine Karriere als Pianist vorausgesagt wurde. Doch einen Tag bevor er das Studium an der Londoner Royal Academy of Music hätte antreten sollen, verließen ihn die Nerven, und er ging auf Weltreise. Was er die nächsten Jahre machte, darüber kursierten verschiedene Legenden, von denen die schönste war, dass er ein paar Jahre irgendwo im Südpazifik lebte, wo er, dies ist verbürgt, Medaillen im Klippenspringen gewann. Seinen Lebensunterhalt verdiente er angeblich als Barpianist. Ihm wurden zahllose Frauengeschichten nachgesagt. Mit Ende zwanzig kehrte er überstürzt nach England zurück – gerüchteweise, weil er jemanden umgebracht hatte, gerüchteweise aus Eifersucht. Er ging nach Paris, wo er am Konservatorium bei Nadja Boulanger Komposition und Dirigieren studierte, gründete ein Ensemble für alte Musik und wurde schließlich, wieder in England, Dirigent. Später ließ er sich mit seiner zweiten

Frau, Toms Großmutter, einer Tänzerin, in Amerika nieder, wo er sich, ohnehin zeitlebens von schlimmem Lampenfieber geplagt, auf die Lehrtätigkeit verlegte und zuletzt an der New Yorker Juilliard School eine Professur für Orchesterleitung innehatte, die heute seinen Namen trägt.

Eine schillernde Geschichte, und obwohl Tom sie schon sehr oft erzählt haben musste, brachte er es fertig, sie klingen zu lassen wie neu. Ich beobachtete ihn und versuchte, irgendetwas Russisches in seinen Gesichtszügen zu entdecken. Vielleicht die Augen, dachte ich. Diese blassen Augen, in denen immer etwas Trauriges lag, auch wenn er lachte. Er trug die Haare jetzt kürzer, und zum ersten Mal sah ich ihn in einem dunklen Hemd (das bei näherem Hinsehen kleine Löcher an den Ärmeln aufwies). Es stand ihm, ließ ihn älter aussehen als seine dreißig Jahre. Als der Kellner mit der Dessertkarte kam, bestellte Tom die Rechnung, zahlte für uns beide, und wir verließen das Lokal.

Bei ihm zu Hause setzten wir uns wieder auf das schmale Sofa und sahen uns einen Film an, einen Klassiker mit Audrey Hepburn und Peter O'Toole. Natürlich kamen wir nicht weit. Nach vielleicht zehn Minuten, die sich wie eine Ewigkeit anfühlten, so eng nebeneinander, dass unsere Arme und Beine sich berührten, begannen wir uns zu küssen. Ich wünschte, ich könnte mich an mehr Einzelheiten erinnern, aber alles, was ich noch weiß, ist, dass ich einfach mitmachte, was auch immer er vorgab, weil er so sicher zu wissen schien, was zu tun war. Irgendwann begann er mich auszuziehen, und als ich nackt war, beugte er sich über mich und sah mir von oben ins Gesicht. Ich glaube, das war der Moment, in dem ich zum ersten Mal diesen Ausdruck in seinen Augen wahrnahm. Es lag eine solche

Hoffnungslosigkeit darin, dass ich ihn nur noch trösten wollte, ohne die geringste Ahnung zu haben, wie das jemals zu schaffen sei.

Dann verschwand er zwischen meinen Beinen, und die Innigkeit, mit der er dort vorging, verwirrte mich. Er folgte jeder noch so winzigen Bewegung von mir mit einer solchen Aufmerksamkeit, als gäbe es nichts Wichtigeres auf der Welt, als herauszufinden, was mir gefiel. Ich selbst machte eigentlich gar nichts, aber das schien ihn nicht zu stören, vielleicht mochte er es sogar. Es war, als erwarte er von mir nur, dass ich mich hingab, und es kam mir so vor, als tue er dies alles nicht weniger zu seinem eigenen Vergnügen als zu meinem – als wäre es für ihn das allergrößte Vergnügen überhaupt, jemand anderem welches zu verschaffen.

Als er wieder auftauchte, nahm er meinen Kopf in beide Hände und gab mir einen Kuss auf die Stirn, der so sanft war, dass ich das Gefühl hatte, es könne nie wieder etwas Schlechtes passieren, weil er bei mir war.

Und dennoch beschloss ich nur Momente später zu gehen. Warum? Ich weiß es selbst nicht. Vielleicht, weil ich fühlte, dass ich es noch konnte.

Nicht einmal vierundzwanzig Stunden später hatten wir Sex in meinem Bett. Seine Arme schienen überall hinzureichen. Ich erinnere mich, dass ich mehr als einmal überrascht war, wenn ich sicher war, dass seine Hand gleich irgendwo auf meinem Körper landen würde und sie mich dann an einer ganz anderen Stelle berührte. Oft war dieser Sinneseindruck vertikal, als berührte er mich mit einem Arm oben und unten zugleich. Es war fast, als hätte er mehr als zwei Arme. Oder als wären seine

Arme gute zwei Meter lang. Es gab immer so viel Körperkontakt an so vielen Stellen auf einmal, dass ich mich fühlte, als wäre ich in ihn eingehüllt. Anschließend hielt er meinen Kopf mit einer Hand und die andere fuhr fort, andere Dinge zu tun, und was er in diesem Augenblick mit seiner dritten und vierten Hand machte, weiß ich nicht mehr – nur noch, dass ich mich so sicher fühlte in all seinen Armen. »Tom«, flüsterte ich in sein Ohr, »Tom. Hallo, Tom.«

Am nächsten Tag meldete er sich nicht, und mir kamen Zweifel. Sollte ich auf der Hut sein? Ihn besser gleich wieder vergessen? Aber dann rief er an, und der Sex war genauso gut wie zuvor, nur besser.

Von nun an sahen wir uns dreimal die Woche. Es war nie weniger und sollte nie mehr werden, als würde jemand zählen (und vielleicht tat er das ja).

Oft kam er direkt von der Arbeit zu mir.

Ich (frisch geduscht, aufgeregt) konnte ihn im Treppenhaus auf dem Weg nach oben telefonieren hören. »Sure, sure, let's do that.« Zuversichtlicher, freundlicher Tonfall. »Let's definitely try the Bach suites.« Lachen. »I'm not sure Jessica will like the idea, but …« In der Zwischenzeit hatte er meine Wohnung betreten, seinen Geigenkasten auf den Boden gestellt und mir nebenbei einen geräuschlosen Kuss auf den Mund gedrückt. »We'll work it out, it sure sounds like fun. Talk to you soon.« Er legte das Telefon weg und zog mich zu sich. Ich stellte mich auf die Zehenspitzen, und während wir uns küssten, kletterten seine Hände meinen Rücken abwärts, bis sie meine Pobacken zu halten bekamen.

»Let's have a drink.« Er ließ mich los und ging in Richtung

Küche. Im Vergleich dazu, wie Männer sich in meiner Wohnung bewegten, benahm ich mich selbst in ihr oft wie ein Gast. Es konnte passieren, dass ich nervös herumlief, zu viele Schritte machte, als fiele mir im Moment der direkte Weg nicht ein. Auch Nicolas hatte sich von Anfang an bei mir benommen, als wohnte er hier, nicht ich. Sein erster Weg hatte immer zum Kühlschrank geführt, den er mit einer solchen Selbstverständlichkeit öffnete, als hätte er die Sachen darin eingekauft. Ich hatte das geliebt. Es lag so etwas Alltägliches darin. Als würde man zusammenleben, als hätte man ein *richtiges* Leben.

Tom nahm den Gin aus dem Getränkefach, der dort jetzt immer stand, an derselben Stelle, wo zu Nicolas' Zeiten immer eine Flasche Weißwein gestanden hatte, meistens Chablis. Damals hatte ich außerdem Salami vorrätig, mehrere Sorten Käse (nach Möglichkeit nicht abgepackt), Milch für den Kaffee sowie Obst (alles außer Äpfel). Für Tom kaufte ich jetzt immer Schokolade. Er hatte wirklich enttäuscht ausgesehen, als er mich bei seinem ersten Übernachtungsbesuch fragte, ob ich etwas Süßes dahabe, und ich nichts fand. Außerdem natürlich Tonic Water. Und Limetten. Und ich achtete darauf, dass die Eiswürfelform immer bis aufs letzte Quadrat gefüllt war. Das habe er von seinem Vater gelernt, hatte Tom mir einmal geradezu feierlich erklärt, während er Wasser über den halb geleerten Behälter laufen ließ – dass man nie schlafen gehen dürfe, ohne dass der Eisbehälter frisch befüllt sei.

Er reichte mir eins der Gläser. »What's so funny?«

»Nichts«, sagte ich und klackte mein Glas gegen seines.

»Well, you look happy. That's nice. Cheers.« Wir tranken beide einen Schluck, und als ich wieder zu ihm sah, steckte schon eine brennende Zigarette zwischen seinen Lippen.

Wie so oft hatte ich nicht bemerkt, dass oder wie er sie aus der Schachtel oder überhaupt die Schachtel in die Hand genommen hatte. Es wirkte manchmal wie ein Zaubertrick. Es konnte vorkommen, dass man mit ihm zusammen ein Restaurant verließ, und während man noch aus der Tür trat, im Akt des Türrahmen-Passierens, hatte schon ein Feuerzeug geklickt, und man roch frischen Rauch.

»So, how was your day?« Ich hatte mit einer Kollegin zu Mittag gegessen, ein Interview immer noch nicht vorbereitet, ziemlich viel Zeit im Internet verbracht. »Very good«, sagte ich. Ich nahm einen Aschenbecher aus dem Küchenregal und stellte ihn auf den Tisch. Einen Moment stand ich, mein Glas in der Hand, unschlüssig neben ihm. Wieder fühlte ich mich wie ein Gast, der aufgefordert werden möchte, etwas zu tun, um nicht unhöflich zu sein. Dann nahm ich Tom die Zigarette aus der Hand und zog daran.

»Ich dachte, du wolltest nicht wieder anfangen.«

»Ja, aber das ist Tage her.«

»Ich kenne keinen anderen Menschen, der so viele Regeln aufstellt, um sie dann doch nur zu brechen. Komm mal her, das ist wirklich –«

»Ein bisschen inkonsequent, ich weiß.«

»Ein bisschen inkonsequent, ja, aber hauptsächlich süß.« Er stand hinter mir, und als er mich umarmte, musste ich an einen Satz seiner Mutter denken, den ich mir gemerkt hatte, weil ich mich von ihm so gut verstanden fühlte: *She wanted to crawl into his pocket and be safe forever.* Ich gab ihm die Zigarette zurück. Es sah extrem lässig aus, wie er rauchte. Die Zigarette steckte ihm so unbeteiligt zwischen den Fingern, als gehöre sie dort natürlicherweise hin, und wenn er an ihr zog, machte er gleichzeitig diese Sache mit seinen Augenbrauen, die in Frauen den Wunsch weckt, irgendetwas zu adoptieren.

»Have a seat.« Er zog einen Stuhl für mich zurück. Er war überhaupt wahnsinnig höflich. Zuvorkommend. Gut erzogen, könnte man auch sagen. Nie zuvor hatte mir ein Mann nicht nur in den Mantel geholfen, sondern mir anschließend auch noch den Schal umgelegt (und diesen dann auch noch zurechtgezogen, nicht zu eng, nicht zu weit, also genau so, wie man es selbst machen würde, nur in liebevoll). Er hielt mit Engelsgeduld jede Tür für mich auf, trug meine Tasche, wenn er fand, dass sie schwer aussah, und wenn die Eiswürfel in meinem Drink wegschmolzen, registrierte er dies und sorgte umgehend für Nachschub. Er behandelte mich, als wäre allein die Tatsache, dass ich eine Frau war, etwas unerhört Besonderes und Kostbares. Immer öfter ließ ich die Jeans im Schrank und zog einen Rock oder ein Kleid an.

Wenn wir zusammen waren, hatte ich seine ungeteilte Aufmerksamkeit. Nicht ein einziges Mal sah er auf sein Telefon oder schien in Gedanken woanders, wie ich das bei Nicolas so oft erlebt hatte (der auch jedes Mal ganz schnell sein Laptop zugeklappt hatte, wenn ich hinter ihn trat).

Doch genauso konsequent war er dann auch wieder weg. Er nahm seinen Kasten, ging durch die Tür – und dann hörte ich zwei bis drei Tage nichts von ihm.

Ich erklärte es mir mit seinem Beruf. Er liebte seinen Beruf. Neben seinem Lehrauftrag hatte er mit der anderen Jessica noch ein Streichquartett, und hin und wieder spielte er Aushilfe in dem Orchester, in dem sie fest angestellt war. Ich sagte mir also, er arbeite einfach viel. Andere Musiker, die ich gekannt hatte, waren etwas weltfremd gewesen, hatten viel geübt und immer wieder mal Phasen unerklärlicher Zurückgezogenheit gehabt. Aber dann erwähnte er irgendeine Einladung, einen Kinofilm, den er gesehen hatte oder dass er am Vorabend extrem lange aus gewesen war.

Vielleicht brauchte er einfach viel Freiraum, dachte ich, und strich sofort innerlich das vielleicht. Doch sein Verhalten war schwer zu deuten.

Ich hatte noch nie einen Mann gekannt, der sich so schnell und mit einer solchen Selbstverständlichkeit benahm, als gehörte er zu mir. Auf der Straße liefen wir sofort Hand in Hand, er erzählte seinen Bekannten von uns, was er wiederum mir erzählte, er bildete Sätze mit *wir*, machte Pläne für uns zwei. Als ich einmal ein paar Leute zu mir zum Essen einlud, schickte er mir vorher Mails mit Ideen, was *wir* kochen könnten, kam vor den anderen und sorgte dann den ganzen Abend lang dafür, dass alle immer ein volles Glas hatten. (Als wäre er der Mann im Haus.) Und anders als Nicolas drehte er mir zum Schlafen nie den Rücken zu, sondern schlief in meine Richtung gewandt, oft einen Arm um mich, und wenn er es vergaß, konnte ich einfach einen nehmen und um mich legen, selbst wenn er schon halb schlief, es störte ihn gar nicht. Ich hatte mehr als einmal den Gedanken, dass man sich seines Körpers frei bedienen durfte, wie es einem gefiel.

Und dann war er wieder weg, und so radikal, als hätte ich mir alles nur ausgedacht. Allein ein paar einzelne dunkelblonde Haare auf meinem Kopfkissen dienten mir als Beweis, dass es ihn wirklich gab. Ich ließ es bald sein, ihn von mir aus anzurufen, da er nie ranging, und ich schickte ihm auch keine Nachrichten mehr zwischendurch, weil man sich so alleingelassen und zurückgewiesen fühlt, wenn darauf keine Reaktion kommt.

Dafür war bei unserem Sex mitunter eine so intensive Nähe zu spüren, dass ich rot wurde, weil ich überwältigt war von all dem, was ich in seinem Blick sah oder zu sehen glaubte; ich ging fast unter in seinen Augen und hätte sterben können, weil da so viele Gefühle in mir waren, so viele auf einmal, so viele durcheinander, auch Schmerz und auch Trauer, ich weiß gar nicht worüber, und alle so riesig, dass es mich vollkommen aus der Fassung brachte. Ich weiß nicht, ob er das machte oder ich oder wir beide oder wie es zustande kam. Aber die Verbindung, die ich dabei spürte oder zu spüren glaubte, vor allem morgens, wenn alles noch langsam war und man selbst ganz ungeschützt, fast als träumte man noch, war etwas, wonach ich mich immer gesehnt hatte. Es fühlte sich nach Zuhause an. Nach Angekommensein. Nach etwas, das ich auf keinen Fall wieder verlieren wollte.

»Aber ist es eine gute Idee, dass wir uns weiter sehen?«, fragte ich ihn.

»Warum nicht?«

»Weil am Ende einer von uns weinen wird.«

»So ist es doch immer am Ende, nein?«, sagte er sachlich, und ich küsste ihn, als hätte ich ihn nicht gehört.

Und irgendwann ließen wir die Kondome weg.

Ich hatte mit dem Thema angefangen. »So, und wie werden wir die Kondome jetzt wieder los?«, fragte ich, wir lagen gerade im Bett.

»Ich schätze, wir müssen einen Test machen.«

»Aber benutzen wir sie wegen HIV oder zur Verhütung?«

»Ich weiß es nicht. Hast du HIV?«

»Glaub ich nicht.«

»Ich auch nicht.«

»Willst du ein Kind haben?«

»In Prozent vierzig zu sechzig«, sagte ich.

»Sechzig für was?«

»Sechzig für kein Kind.«

»Warum nicht?«

»Ach, ich hab keine Lust, die nächsten sechzehn Jahre lang jeden Morgen um halb sieben aufzustehen. Dafür bin ich zu alt.« Das war es, was ich mir selbst erzählte. Ich hatte zwei Fehlgeburten gehabt und war dann nie wieder schwanger geworden.

»Ich würde das machen«, sagte Tom leichthin. »Ich würde morgens aufstehen und das Kind zur Schule bringen.«

Momente später kam er zum ersten Mal ohne Kondom in mir. Wir sprachen nie wieder darüber. Ich war erleichtert, die Entscheidung ans Schicksal abgeben zu können. Und ich mochte es, dass eine Frage, die ich in meinem Leben für beantwortet gehalten hatte, so unerwartet wieder offen war.

An Abenden, an denen ich ihn nicht sah, suchte ich manchmal das Internet nach ihm ab. Ich fand ein Foto von ihm als kleinem Jungen: Unter seinem Kinn klemmte eine Geige, er sah besorgt aus. Ich fand kurze Texte, die er für ein Onlinemagazin geschrieben hatte. Sie handelten alle vom Thema Teilen und verrieten mir nichts weiter über ihn, als dass er Teilen für eine gute Sache hielt. Was ich aber vor allem fand, waren Fotos von ihm und seiner Exfreundin. Sie hatten sich während des Studiums in Philadelphia kennengelernt und anschließend ein paar Jahre zusammen in Berlin gelebt, wo sie als Assistenten ihres früheren Professors bereits einmal eine Klasse gemeinsam unterrichtet hatten. Während der letzten zehn Jahre waren sie immer wieder getrennt und dann wieder zusammen gewesen.

Im Internet schienen die beiden unzertrennlich. Oft sah man sie zusammen Musik machen. Beim Geigen hatte sie nahezu den identischen Gesichtsausdruck: ein wenig flehend, fast leidend, sehr hingebungsvoll.

Toms Exfreundin trug bei Auftritten gerne schulterfrei, was ihren langen Hals betonte. Auf ihrem Foto auf der Homepage der Musikhochschule war sie im Halbprofil zu sehen: An der Stelle, an der die Geige beim Spielen anlag, zeichnete sich ein dunkler, fast grüner Geigerfleck ab. Ich mochte ihre Haare. Auf älteren Fotos hatte sie sie zu einem langen Pferdeschwanz gebunden. Jetzt hatten sie dieselbe Länge wie die von Tom. Und genau wie bei ihm standen sie wild nach oben ab und fielen ihr auf einer Seite in die Stirn.

Ich begann mich zu fragen, was es war, das die beiden verband, abgesehen von ihrem Beruf. Was hatte ihn nach jeder anderen Frau, mit der er zusammen gewesen war, wieder zu ihr zurückkehren lassen? Warum hatte sie ihn immer wieder genommen? (Und warum hatten sie sich immer wieder aufs neue getrennt?)

Mit Nicolas und mir war alles immer kompliziert gewesen. Im Grunde machte er, was er wollte, und meine Rolle bestand darin, irgendwie den Anschluss zu halten, unsere Beziehung zu einer zu machen, aber allein nach seinen Regeln. Er hatte entschieden, zurück nach Frankreich zu gehen, ohne sich vorher mit mir zu besprechen, hatte sich ein Ein-Zimmer-Apartment in Paris gekauft, und das zu einem Zeitpunkt, an dem ich mir vorzustellen begann, in absehbarer Zukunft mit ihm zusammenzuziehen. Er war immer zögerlich, was Pläne anging, die mich einschlossen, und ich weiß nicht, wie viele Male wir in Streits gerieten, die vollkommen ausarteten, obwohl sie oberflächlich nur darum gingen, ein Datum für eine gemeinsame Reise festzulegen oder auch nur für ein Abendessen mit Freunden. Ich wusste nie, worüber er brütete, bis mir die Entscheidung mitgeteilt wurde und ich ihr nachzukommen hatte. Außerdem hatte sich dieser Mann, der anfangs so ehrlich und liebenswürdig, beinahe schüchtern gewirkt hatte, zuletzt als beeindruckender Lügner herausgestellt.

Toms größte Qualität dagegen war Ehrlichkeit, jedenfalls schien es so. Er konnte beinahe verletzend direkt sein. Einmal sagte er mir, möglicherweise hatte ich noch nicht einmal danach gefragt, dass er immer noch Sex mit seiner Exfreundin habe. Er sprach von Sex in ihrem Raum in der Musikhochschule.

»Das ist eklig.«

»Aber es ist so.«

»Aber doch vielleicht in Zukunft nicht mehr?«

Statt einer Antwort hob er beide Hände, lächelte entschuldigend und schüttelte den Kopf. *Take it or leave it*, sagte sein ganzer Körper, so bin ich nun mal. Und da ich nicht gewillt war, ihn so schnell wieder aufzugeben, dachte ich um. Wie großartig konnte ihr Sex schon sein nach all den Jahren, all ihren *ons and offs*? Und zeigte es nicht, dass er zu tiefen Gefühlen fähig war? Nicht willens zu sein, jemanden loszulassen, der einen wichtigen Teil seines Lebens mit ihm geteilt hatte? So viele Menschen sprachen dauernd von Liebe, trennten sich und drehten sich dann nie wieder nach dem anderen um. War es nicht viel schöner, wenn der andere einem weiterhin nahe und wichtig war? Und außerdem musste etwas, das jetzt so war, ja auch nicht für alle Zeiten so sein.

Aber natürlich machte es mir etwas aus. Und ich mochte auch nicht, dass wir denselben Namen hatten. Jedes Mal wenn Tom ihn aussprach, fragte ich mich, ob es ihn nicht auch störte. (Als ich ihn einmal fragte, sagte er nein.) Aber irgendwie gelang es mir, meine Eifersucht im Zaum zu halten. Sie hatten eine gemeinsame Vergangenheit, sie arbeiteten zusammen, sahen sich mehrmals die Woche – aber er hatte mir erzählt, dass sie einen neuen Freund hatte. Und er hatte mich. Also traf ich die bewusste Entscheidung, sie zu mögen. Und zu meiner eigenen Überraschung funktionierte es.

Anfänglich waren wir öfter bei mir als bei ihm. Oft kochten wir. Das heißt, Tom kochte und ich reichte ihm Zutaten. Aber wir müssen auch bei ihm gewesen sein, denn eines Abends begegnete ich dem Komponisten. Sein Name war Claudius. Seine Gesichtszüge müssen in jüngeren Jahren scharf gewesen sein, doch jetzt gab seine Kinnpartie allmählich der Schwerkraft nach. Clevererweise trug er eine Brille mit einem dicken schwarzen Rahmen, die seine obere Gesichtshälfte akzentuierte. Seine langen Haare sahen ungekämmt aus, um nicht zu sagen ungewaschen. Er war schwarz angezogen. Er war überhaupt immer schwarz angezogen, wie ich bald wissen sollte – es sei denn, er hatte nichts als ein Handtuch um, dann trug er weiß. Seine Haut hatte einen ungesunden Farbton. Abends fiel es nicht auf, dann wirkte er einfach blass. Aber morgens konnte man sich Sorgen machen, wenn man wollte. Dann war er auch blass – aber mit alarmierend rötlichen Untertönen.

Er war kleiner als Tom und etwas gedrungen. Und er hatte eine Art zu lächeln, bei der man nicht wusste, ob es ein warmes Lächeln war oder nicht. Er pflegte die Arme zu verschränken, den Oberkörper leicht zurückzulehnen, einen nicht aus den Augen zu lassen – und zu lächeln.

Tom hatte mir erzählt, dass er von Architektur besessen war. Ich habe nie verstanden, ob er tatsächlich bei Iannis Xenakis studiert hatte oder nur im Geiste ein Xenakis-Schüler war. Jedenfalls hatte ich mir, nachdem Tom den Namen erwähnt hatte, im Internet ein paar Werke jenes griechischen Komponisten angehört. Xenakis, 2001 gestorben, war Architekt gewesen, bevor er sich für die Musik entschied. Er hatte jahrelang für Le Corbusier gearbeitet, als dessen Assistent zahlreiche Bauten entworfen und deren Realisierung betreut. Seine musikalischen Werke griffen Gesetze und Gegebenheiten aus der Naturwissenschaft auf. Sie waren klangliche Umsetzungen von Mathematik, Statik und zufälligen Phänomenen wie Regen oder einem Bienenschwarm. Und offenbar verhielt es sich mit dem Haus, das Claudius zumindest mitentworfen hatte, genau umgekehrt: Es basierte, behauptete zumindest Tom, auf einer der bekanntesten Xenakis-Kompositionen: »Metastasis«. Und das oberste Stockwerk, das er selbst bewohnte, war die Quintessenz davon.

Es gab keine runden Gegenstände darin, abgesehen vielleicht von Löffeln oder Schüsseln und natürlich dem langen Steinway, der in der Mitte des großen Raumes stand. Ich habe Claudius nie daran sitzen sehen, und er sprach auch nie über

Musik, jedenfalls nicht in meinem Beisein. Einmal machte Tom eine Bemerkung, die mich darauf schließen ließ, dass Claudius gerade eine Schaffenskrise durchlitt. Doch selbst wenn er nie wieder etwas komponiert hätte, wäre es nicht weiter schlimm gewesen, jedenfalls nicht existenziell. Claudius war, auch wenn mir sein Name zuvor nichts gesagt hatte, einer der meistaufgeführten Gegenwartskomponisten der Welt. Mit anderen Worten: Er hatte ausgesorgt.

Obwohl es einen Kamin gab, in dem oft ein Feuer brannte, war mir immer ein bisschen kalt oben bei ihm. Vielleicht lag es daran, dass der Boden aus demselben nackten Beton war wie Innenwände und Decke. Irgendwo lag ein roter Teppich, aber auch der richtete nicht viel aus. Die Kunstwerke wechselten ständig. Mal hing das Schwarzweißfoto eines kubistisch aussehenden Gebäudes an einer Wand, und bei meinem nächsten Besuch war die Wand wieder leer.

Neben der Eingangstür lag auf einem Stuhl ein kleines Schild mit der Gravur »Es ist gut für euch, Menschen wie uns zu treffen«, und wartete darauf, eines Tages aufgehängt zu werden. Es war mein Vorschlag gewesen, es neben die Wohnungstür zu hängen, so dass Gäste es erst beim Gehen sehen würden. Aber dieser Tag kam nie, und als ich zum letzten Mal bei ihnen war, lag es immer noch dort.

Die Wohnfläche selbst war im Grunde ein einziger großer Raum, der um ein Badezimmer herum gebaut war. Auf der einen Seite war eine Küche, *state of the art*, im selben Grau wie die Wände. Dann kam diese eine hohe Stufe, über die ich einmal gestürzt war, auch wenn ich nicht mehr sagen kann, in welchem der Stockwerke sich dieser kleine Unfall ereignet hat. An der Rückseite des Raums war ein Bett, immer gemacht, weiße Laken, keine Details. Eine große Fensterfront ging auf eine Terrasse zum Hinterhof, Teile von ihr konnten aufgeschoben werden, ich wusste nie mit Sicherheit, welche, und wäre einige Male fast gegen das Glas gerannt, in der Annahme, an dieser Stelle befände sich die Tür und sie sei offen. Die Terrasse war überdacht und nur mit einem Drahtgitter gesichert. In Töpfen wuchs Schilf gut drei Meter hoch.

So viele Dinge in der Wohnung waren nicht für meine Proportionen gedacht. Die Haken für die Handtücher im Badezimmer waren so hoch angebracht, dass ich sie nur springend erreichen konnte. Es gab eine Lampe, vielleicht eher eine Lichtskulptur oder ein Kunstobjekt, deren Ständer Überlänge hatte. Hoch oben, vielleicht fünf Meter hoch, berührte ihr Lampenschirm die Decke und sah von unten so lächerlich winzig aus, als sei es ironisch gemeint. Als mache sich diese Lampe über Lampen lustig.

Und es gab eine Katze. Ihr Name war Katze. Ich habe ihre Augenfarbe als weiß mit blauen Sprenkeln in Erinnerung, auch wenn das nicht so gewesen sein kann. Doch obwohl ich sie oft gesehen habe, will mir keine andere Farbe für ihre alles beobachtenden Augen einfallen. Sie kam und ging, wie es ihr gefiel, hatte ihre eigene kleine Tür in der Fensterfront und begnügte sich damit, tagelang nichts anderes als Trockenfutter zu essen, wenn ihr Besitzer verreist war. Dann wiederum, was hatte sie für eine Wahl.

Ich weiß gar nicht, woher Tom und Claudius sich kannten. Vermutlich aus Musikerkreisen. Sie bildeten ein seltsames Paar, so unterschiedlich in Alter, Größe und Statur, aber sie fühlten sich sichtlich wohl in Gesellschaft des anderen. Sie sorgten sich gegenseitig um ihr Wohlergehen, vor allem Tom war ständig bemüht, es Claudius an nichts fehlen zu lassen.

Sie nahmen auch Kokain zusammen. Sie teilten eigentlich alles, vor allem Vergnügen.

Es war nach einer Party, auf der wir zusammen mit Claudius gewesen waren, dass Tom und ich in unsere erste Unstimmigkeit gerieten. Der Geburtstag eines ihrer Musikerfreunde, irgendwo im Norden der Stadt. Wir nahmen einen von Claudius' Sportwagen, eine rechteckige braune Maschine, die einen Höllenlärm machte. Es war immer noch tiefer Winter, vielleicht sogar immer noch Januar, und wir mussten den ganzen Weg mit geöffnetem Beifahrerfenster fahren, da Claudius' Geschenk ein mannshoher, blühender Ast war, eine Kirsche oder etwas Japanisches oder beides. Tom hielt ihn. Ich saß hinten, die Beine angezogen, weil kein Platz für sie war. Wir müssen alle gefroren haben, denn Claudius fuhr schnell, und es ging ein eisiger Luftzug, aber die Männer kommentierten es nicht. Als wir ankamen, war die Party schon in vollem Gange. Wir stellten den Ast neben die Eingangstür zu den anderen Geschenken, trennten uns, um mit Leuten zu reden, die wir jeweils kannten, trafen uns wieder und beschlossen zu gehen. Als wir an der Geschenkecke vorbeiliefen und den Ast unbeachtet an der Wand lehnen sahen, entschieden wir, dass er bei uns in besseren Händen sei, und nahmen ihn wieder mit, was zur Folge hatte, dass wir den ganzen langen Rückweg erneut mit offenem Fenster fuhren, rasend schnell durch die bitterkalte Nacht.

Zurück in ihrem Haus, zurück in Toms grauem Raum, in dem inzwischen die Couch gegen eine Matratze ausgetauscht worden war (die er beharrlich Bett nannte), beging ich offenbar einen Fehler. Ich erinnere mich nicht mehr genau, was ich zu ihm sagte, aber es muss etwas gewesen sein wie, dass ich gerne wüsste, ob wir beide eigentlich dasselbe voneinander wollten. Ich weiß, dass ich ein bisschen aufgekratzt war und mein Ton heiter und leicht. Doch Tom reagierte, als hätte ich ihm mit einer Taschenlampe ins Gesicht geleuchtet und gleichzeitig eine Pistole an die Schläfe gehalten. Er entzog sich, physisch, emigrierte auf die andere Seite des Raumes, wo ein unbequemer Designerstuhl stand, auf den er sich setzte. Mit der Zeit wurde sein Schweigen zum Problem.

»Komm, das ist eine berechtigte Frage.«

Immer noch Schweigen.

»Ich würde einfach gerne wissen, ob wir dasselbe wollen. Das ist alles. Ich mag dich, und ich würde gerne wissen, ob es eine gute Idee wäre, dich noch mehr zu mögen.«

»Warum tust du das?«, kam es schließlich vom Metallstuhl.

»Tue ich was?«

»Warum redest du immer über so was?«

»Rede ich *immer*?«

Schweigen.

»Rede ich immer? Ich hab noch nie so etwas gesagt, noch nie. Ich will einfach nur wissen, in welche Richtung das mit uns geht, wenn es überhaupt in irgendeine Richtung geht. Oder ob ich …« (ganz falsche Abzweigung) »… eines Tages auch nur eine deiner Interims-Geschichten gewesen sein werde und du wieder mit deiner Exfreundin zusammenkommst.«

Wenigstens brachte ihn das jetzt in Fahrt.

»Das ist echt unglaublich, dass du das tust, Jessica …« (Da war er wieder, der Name, der nicht nur meiner war) »Ich meine, was soll ich jetzt sagen. Was willst du jetzt von mir hören?

Warum willst du eigentlich überhaupt etwas von mir hören …« Und so ging es noch ein paar Sätze weiter, an die ich mich aber nicht erinnere, denn wenn ich versuche, mich sehr stark darauf zu konzentrieren, was jemand sagt, um auch ja kein Wort davon zu vergessen, stellt mein Gehirn auf unscharf und es fällt mir schwer, überhaupt noch etwas zu verstehen. Ich weiß noch, dass der folgende Satz fiel: »Es macht mir Angst, wie sehr du mich magst.« Und dass das Wort »Druck« vorkam, vorgebracht in einem Ausdruck existenzieller Not. Zuletzt bat er mich, ein bisschen auf Abstand zu gehen. Er sagte es zweimal, deshalb weiß ich es noch. Nachdem er fertig geredet hatte, saßen wir eine Weile schweigend da, und ich versuchte, die Traurigkeit zurückzudrängen, die über mich hereingebrochen war. Ich weiß noch, dass mir zum Weinen zumute war, aber keine Tränen kamen. Er hingegen auf seinem Stuhl schien zu kochen. Oder schreckliche Qualen zu leiden. Irgendwann kam er ins Bett, immer noch schweigend, und zum ersten Mal hatten wir keinen Sex.

Der Morgen brach an, ich hatte kaum geschlafen, wie meistens, wenn ich in diesem Haus übernachtete. Toms Zimmer war nicht als Schlafzimmer gedacht, die Fenster waren nicht schallisoliert, und so drang zu jeder Tages- und Nachtzeit Lärm von draußen hinein, die Trambahn, Müllabfuhr, Verkehr. Doch in dieser Nacht hatte ich wach gelegen, weil meine Gedanken unaufhörlich darum kreisten, was gesagt worden war. Was *war* gesagt worden? Warum war er gleich so wütend gewesen?

Er öffnete erst ein Auge, dann das andere, wie er es manchmal beim Aufwachen tat (genau wie ich es einmal als Kind eine

Eule hatte tun sehen), fuhr einen seiner langen Arme zu mir herüber, und wir hatten langsamen Sex von der Sorte, wie ich ihn überhaupt nur je mit Tom erlebt habe. Wo man dem anderen dabei in die Augen sieht, als suche man dort nach einem verborgenen Sinn. Und von meiner Perspektive aus war da eine so riesenhafte Traurigkeit zu sehen, dass es mich überwältigte, wie viel von sich er mir zeigte, oder von seinem Abgrund, seiner Einsamkeit, seiner Verletzlichkeit, was auch immer es war, dass ich irgendwann wegsehen musste, um nicht zu weinen.

Aber mittendrin hörte er auf, stand auf und ging weg. Einfach so. Seine Füße machten auf dem Betonboden kein Geräusch.

Als er zurückkam, hatte er eine Flasche Wasser in der Hand.

»Aber warst du gekommen?« Ich wunderte mich immer noch, warum er so abrupt aufgestanden war.

»Nein. Ich hatte nur Durst. Ich wollte was trinken.«

»Ah. Okay. Nur, weil es so plötzlich war ...«

Er setzte sich. »Ja, aber das ist das neue Ding. Das sagen ganz viele, dass es beim Sex nicht mehr darum geht zu kommen, sondern um den Flow. Und das heißt, dass man es fortwährend machen kann, in Pausen bei der Arbeit, beim Essen ...«

Dies war das mit Abstand Dümmste, nein, es war überhaupt das erste Dumme, das ich Tom hatte sagen hören. Und das sagte ich ihm.

»Dumm?« Sein Ton war scharf.

»Ja, weil wen interessiert es, was die Leute heutzutage sagen oder was das nächste große Ding beim Sex ist.«

»Okay, es klingt ein bisschen nach Yogalehrer«, sagte er, versöhnlich.

»Oder nach Soziologen.«

»Stimmt.«

Er legte sich wieder hin, und wir lagen schweigend nebeneinander und betrachteten die hohe graue Zimmerdecke.

Dann sagte er, und sein Ton hatte sich erneut gewandelt und war nun gefährlich nah an Wut: »Aber weißt du, was mich nervt? Dass du immer die Form kommentierst und nie auf den Inhalt hörst.«

Ich drehte ihm den Rücken zu, überlegte es mir anders, stand auf und ging nach unten, um die Toilette zu benutzen. Unterwegs nahm ich ein Handtuch von einem Stuhl, in das ich mich einwickelte, für den Fall, dass einer von Claudius' Assistenten schon da wäre. Das gesamte Stockwerk unter dem von Tom war Claudius' Studio, und zu jeder Tages- und Nachtzeit konnte dort jemand sitzen und arbeiten.

Als ich zurückkam, roch mein Atem frisch nach Zahnpasta, und ich war fest entschlossen, ihm meine Meinung zu sagen.

»Du bist nicht nett«, sagte ich.

»Nicht nett? Ich bin nicht nett?« Jetzt klang er wirklich wütend.

Ich setzte mich auf die Matratze und schlug einen sanften Ton an. »Wie du so einfach mittendrin weggegangen bist und was du über meine angeblich schlechte Angewohnheit gesagt hast. Das hat sich nicht nett angefühlt, nein.«

Er setzte sich auf, sah nicht mich an, sondern aus dem Fenster, wo man im gegenüberlegenden Gebäude bereits Leute an ihren Schreibtischen sitzen sah. (Ich hoffte immer nur, dass ihre Sicht auf uns nicht genauso klar war.)

»Weißt du was«, sagte er, und seine Stimme war hart und kalt, »wir sprechen in ein paar Tagen. *Let's talk in a couple of days.* Ich gehe jetzt duschen, und wir sprechen in ein paar Tagen.«

Er stand auf und eilte Richtung Treppe. Nach ein paar Sekunden kam er zurück, schien nach etwas zu suchen, möglicherweise nach dem Handtuch, das ich genommen und unten gelassen hatte. Er sah nicht zu mir, sondern starrte nur stur geradeaus, die Lippen so zusammengezogen, dass sie aussahen wie ein Punkt. Es war unmissverständlich, dass von mir erwartet wurde, dass ich verschwunden zu sein hatte, wenn er aus der Dusche kam.

Zu Hause, einigermaßen verzweifelt, vor allem aber durcheinander, schlug ich »a couple of« in einem Englisch-Wörterbuch nach. Bedeutete es zwei, wie *ein Paar*, oder eher irgendetwas zwischen drei und fünf? Ich konnte keine präzise Angabe finden und rief Roni an, die sehr gut Englisch spricht, aber sie war sich auch nicht ganz sicher und fragte einen Amerikaner, der im Büro neben ihr saß. Er sagte, es heiße zwei. Es könne auch mehr sein, ließ er mir ausrichten, aber normalerweise bedeute *a couple of* zwei.

Ich versuchte, mich zu beruhigen. Ich versuchte, mich zu beruhigen. Das war bestimmt nicht das Ende, eine kleine Missstimmung war doch nicht so schlimm. Und wenn doch – war es dann nicht besser, es jetzt zu beenden als in ein paar Wochen? Und als ich noch mal darüber nachdachte, woran genau sich eigentlich alles entzündet hatte, und erkannte, dass wohl meine Frage nach *uns* der Anlass gewesen war, kam mir ein neuer Gedanke. Ich war auf Verbindlichkeit aus gewesen und auf Definition, und ganz offensichtlich hatte er damit ein Problem. Aber war es nicht genau das, was mir an Tom so gefiel? Dass er frei war? Wirklich frei?

Ich dachte schon seit längerem über das Konzept Beziehung

nach. Es war doch ganz offensichtlich, dass so viele Leute es verkehrt angingen, Nicolas und ich ein paar Jahre lang ganz vorne mit dabei. Wie viele glückliche Paare kannte ich denn schon? Wo beide sich wirklich mochten, *wirklich* mochten, und etwas Besseres im anderen hervorbrachten, anstatt sich gegenseitig kleinzuhalten und vermutlich nur zusammenzubleiben, weil das bequemer war, als alleine zu sein? Nach hartem Nachdenken kam ich auf drei. Zwei davon homosexuell. Nicht, dass das etwas zu bedeuten haben musste, es war nur einfach so. Und diese drei Paare setzten sich jeweils aus starken Einzelpersonen zusammen, die sehr unabhängig ihr eigenes Leben lebten. Bei allen anderen meinte ich einen Aspekt von Kontrolle auszumachen, als wäre eine Beziehung gleichbedeutend mit einer Haftstrafe. Mit netten Extras zwar und hin und wieder sogar Ausgang, aber dennoch Haft. Wie es diese kleinen Schlösser so perfekt symbolisierten, die junge Menschen überall auf der Welt an Brückengeländer ketten, im Glauben, das sei eine Manifestation ihrer »Liebe«.

Mein Bruder, von Natur aus ein offener, geselliger Mensch, hatte einmal eine Freundin gehabt, die ihm abgewöhnte, anderen Frauen ins Gesicht zu sehen. Als wir einmal zusammen ausgingen, gestand er mir, dass er befürchtete, das Mädchen an der Garderobe eben schlimm beleidigt zu haben. Er habe sie nicht einmal angesehen, als er ihr seinen Mantel gab. Seine Freundin hatte das durch konstantes Nörgeln und Sexentzug erreicht. Oder dieses Paar, das ich kenne, wo sie, wenn sie in Feierlaune ist, schon mal auf dem Tisch tanzt oder einfach drauflosflirtet, ohne dass es etwas bedeutet, sie ist einfach so. Aber er ist so eifersüchtig, dass sie es nun vermeidet, jemals mit ihm zusammen auszugehen. Oder ein anderes Paar, bei dem beide gerne feierten, als sie sich kennenlernten, bis sie radikal damit aufhörte, inzwischen keinen Tropfen Alkohol mehr anrührt und immer weit vor Mitternacht nach Hause geht. Damit er sich schuldig fühlt, nehme ich an.

Ich hatte Sachbücher zu dem Thema gelesen, doch die halfen auch nicht weiter. In einem hatte gestanden, das Wort *Liebe* solle überhaupt nie benutzt werden, und wenn man es höre, solle man schleunigst das Weite suchen, da es immer nur ein getarnter Versuch sei, den anderen zu besitzen. So etwas wie Liebe gebe es nicht zwischen Menschen, außer bei einer Mutter und ihrem Kind. Es stand auch darin, dass man niemals eine Beziehung mit jemandem eingehen solle, mit dem man leidenschaftlichen Sex habe. Dass Ruhe und Langeweile gegenüber Aufregung und Spaß stets der Vorzug zu geben sei. (Ich schmiss es nach der Hälfte weg.) Einige meiner Freundinnen machten Online-Dating. Im besten Fall dienten die Enttäuschungen, die sie dabei eine nach der anderen durchlebten, zuletzt wenigstens für eine gute Geschichte. Kein Mann in dieser Stadt schien sich binden zu wollen, ganz egal, wie alt oder unattraktiv. Natürlich hatten wir alle Eva Illouz gelesen, die israelische Soziologin, deren Auffassung nach Bindungsscheu nichts anderes war als die Strategie der Männer zum Machterhalt in der emanzipierten Frauenwelt. Viele Abendessen wurden in kollektivem Seufzen über diese Analyse zugebracht. Doch ich hatte mich immer dagegen gesträubt, Teil dieser »alle Männer sind so und so«-Gruppe zu sein. Und nun wollte ich gerne etwas Freieres mit Tom probieren.

Vorausgesetzt natürlich, ich sah ihn je wieder.

A couple of bedeutete tatsächlich zwei. Wir trafen uns in einer Bar. Es war schon spät, und er wirkte niedergeschlagen. Als sei er zu schwach, seinen sonst üblichen amerikanischen Optimismus zu aktivieren. Er erzählte von einem Problem in der Hochschule. Es hatte irgendetwas mit der Stundenanzahl im Sommersemester zu tun, und die andere Jessica war deswegen wohl entsetzlich aufgebracht. Als ich nachfragte, schien ihm das Thema unangenehm zu sein, und ich fühlte mich plötzlich, als wollte ich ihm ein Problem einreden.

»Hab ich dir schon mal erzählt, dass ich als Kind keine Freunde hatte?«, unterbrach er die entstandene Pause.

Zuerst dachte ich, er machte einen Witz.

»Du meinst, überhaupt keine Freunde?«

»Ja. Keine.«

»Warum das denn?«

»Ich weiß es nicht. Ich habe nie eine Erklärung dafür gefunden.«

»Vielleicht weil du Geige gespielt hast? Vielleicht fanden die anderen Kinder das streberhaft.«

»Ich war auf einer musischen Schule. Da haben alle ein Instrument gespielt.«

»Und wie alt warst du da?«

»Bis ich dreizehn war.«

»Von null bis dreizehn, so lange?«

»Ja.«

Langsam dämmerte mir, dass dies überhaupt kein Witz war.

»Aber wie kam das? Ich meine, dich mögen doch alle immer so. Ich kenne niemanden, der bei so vielen Leuten zu Hause war wie du, weil alle dich ständig einladen. Wie kommt es, dass das so anders war, als du ein Kind warst?«

»Ich weiß es nicht. Niemand wollte mit mir spielen. Sie mochten mich nicht. Das ist es, was die anderen Kinder zu mir gesagt haben in der Schule: Wir mögen dich nicht.«

Mir fiel das Foto ein, das ich von ihm als kleinem Jungen im Internet gesehen hatte, mit der Geige unterm Kinn. Er hatte schon damals schlaksig ausgesehen, seine Beine zu lang für seinen Körper, aber weicher als heute, pausbäckig, mit einem ernsten, runden, altklugen Gesicht.

»Nicht mal, keine Ahnung, ein Nachbarskind oder ein behindertes Kind?«, fragte ich weiter, die ich selbst einmal für eine Weile mit einem behinderten Nachbarsjungen befreundet gewesen war.

»Okay, vielleicht. Aber in der Schule haben sie mir immer gesagt, dass ich weggehen soll. Sie mochten mich einfach nicht. Ich war wirklich ziemlich viel allein.«

»Und was hast du die ganze Zeit gemacht, allein?«

Er zuckte mit den Achseln. »Geübt? Irgendwas zusammengebaut mit meinem Vater?«

»Und was ist passiert, als du dreizehn warst?«

»Dann hat sich alles geändert.«

»Ja, aber wie?«

»Ich habe Drogen entdeckt.« Er lächelte schief.

»Mit dreizehn?«

»Ich bin aus New York. In Kentucky wäre es vielleicht Sport gewesen, keine Ahnung.«

»Was für Drogen?«

»Gras. Alkohol. Ich habe verrückte Mengen an Gras geraucht, als ich jung war. Hab ich dir erzählt, dass ich mal verhaftet wurde, wegen Drogenbesitz?«

Hatte er nicht. Tat er jetzt. Und er erzählte mir, dass er mit dreizehn Jahren auch zum ersten Mal Sex gehabt hatte. Einen Dreier, *what a start.*

»Ich habe Drogen genommen und hatte Sex, und plötzlich war ich total beliebt. Alle wollten mit mir befreundet sein. Dieselben Kinder, die mir gesagt hatten, dass sie mich nicht mochten, wollten auf einmal meine Freunde sein. Alles hat sich geändert. Vielleicht erklärt das, warum es mir so wichtig ist, dass sich alle in meiner Gegenwart wohlfühlen. Ich meine, ich hätte damals alles dafür getan, dass es nie wieder so wird wie vorher. Und so ist es immer noch, ich würde immer noch alles dafür tun. Das weißt du doch, oder? Dass ich alles dafür tun würde, dass alle, die mit mir zusammen sind, eine gute Zeit haben?«

Er sah mich an, als erwartete er wirklich eine Antwort. Er sah verzweifelt aus.

Dann kam dieser merkwürdige Abend.

Wir waren bei ihm. Claudius war nicht da, also benutzten wir seine Küche. Ich schnitt Zwiebeln, während Tom das Fleisch marinierte. Für später hatten wir geplant, Claude Lanzmanns Dokumentation *Shoah* zu sehen oder zumindest anzufangen. Aber dann kam Claudius nach Hause, unerwartet, und mit ihm seine neue Freundin, eine viel jüngere Frau mit langen blonden Haaren und ernstem Gesicht. Ich weiß bis heute nicht, was sie eigentlich machte. Irgendwas mit Film, glaube ich. Sie sagte nicht viel, aber sie hatte ein nettes Lächeln, bei dem sich tiefe Grübchen in ihre Wangen gruben.

Beide schienen überrascht, uns oben in Claudius' Wohnung zu finden, oder vielleicht waren sie nicht überrascht, sondern nur ein bisschen unsicher. Oder vielleicht hatten sie sich gerade gestritten. Oder vielleicht waren sie einfach müde und wollten eigentlich gleich schlafen gehen. Oder vielleicht hatten sie vorgehabt, sofort in Claudius' großem Bett an der Hinterseite des Raums Sex zu haben. Ich konnte es an ihren Gesichtern nicht ablesen. Ich weiß nur, dass ich fand, dass sie beide ein bisschen zu lange im Eingang standen, noch in ihren Mänteln, er lächelnd, sie nicht.

Irgendwie schaffte Tom es, unser Essen für vier Personen zu strecken, obwohl wir nur für zwei eingekauft hatten. Es war nicht mal ein Problem, aber mit ihm war ja irgendwie nie etwas ein Problem. Er deckte den Tisch, während Claudius und seine Freundin in eine andere Ecke der Wohnung verschwanden, und als sie zurückkamen, lag neben jedem Teller eine ordentlich gefaltete Stoffserviette bereit. Tom mixte auch Gin Tonics und sorgte dafür, dass jeder ein Glas bekam. Er stellte Musik an, die von Claudius' iPad kam, auf dem Hunderte musikalischer Werke gespeichert waren, alle ohne Rhythmus oder erkennbare Melodie, eher Klangteppiche, ziemlich düster für meinen Geschmack. Als das Fleisch *medium rare* war, nahm Tom es aus der Pfanne und machte eine Sauce, während er uns gleichzeitig mit Fragen unterhielt, die zu Anfängen von Dialogen führten, bis sich die ganze Verlegenheit aufgelöst hatte und alle sich wohlfühlten, glaube ich.

Das Essen war ausgezeichnet, die Unterhaltung drehte sich um den Bau einer Sauna im Hof, die Claudius zusammen mit dem Architekten entworfen hatte, der auch das Haus für ihn gebaut hatte, irgendein japanischer Name, der mir nichts sagte, aber offenbar für die Aufhebung der Grenzen zwischen privat und öffentlich stand. Claudius' Freundin, sie hieß Isabelle, warf hin und wieder eine Frage ein, die den Männern Gelegenheit gab, einen neuen Aspekt dessen anzureißen, worüber sie eben gerade sprachen. Ich hatte den Eindruck, dass sie sich mit Architektur auskannte, jedenfalls wusste sie Details über Materialien oder Befestigungen, von deren Existenz ich noch nie gehört hatte. Ich versuchte, mich hier und da einzubringen, ohne nennenswerten Erfolg, aber das machte nichts. Ich fühlte mich wohl und willkommen in dieser kleinen Gruppe.

Und dann passierte etwas, das ich nie ganz verstanden habe. Wir saßen noch am Tisch, die Teller waren leer, aber noch nicht abgeräumt. Ich war da, als es passierte, als die Unterhaltung plötzlich eine Abzweigung nahm, die ich nicht hatte kommen sehen. Es war, als hätte ich etwas Entscheidendes verpasst. Von einer Sekunde auf die andere hatte die Atmosphäre nichts mehr von einem netten Essen mit Freunden – sie war mit etwas ganz anderem aufgeladen. In meiner Erinnerung war es Isabelle, die das Ganze aufbrachte, aber ich kann mich irren, es ging alles so schnell. Isabelle oder einer der Männer, aber ich glaube, es war wirklich Isabelle, sagte etwas wie: »Und, wer von uns schaut den anderen zuerst zu?« Es wurde in einem beiläufigen Ton gesagt, und niemand außer mir schien überrascht. Ich glaube, ich fragte sogar zurück, ob sie damit meine: den anderen beim Sex zuschauen? Ich hielt es für einen Witz, aber niemand lachte. Es stellte sich heraus, dass exakt das gemeint war. Welches Paar würde dem anderen zuerst beim Sex zuschauen. Das war gemeint.

Ich sah zu Tom, aber er schien in diesem Moment nicht an mir interessiert zu sein. Ich hatte den Eindruck, dass er tun würde, was immer Claudius entschied. Ich glaube, Isabelle wiederholte die Frage, sogar im exakt gleichen Wortlaut. Wie konnte es sein, dass ich nicht bemerkt hatte, was vielleicht die ganze Zeit in der Luft gelegen hatte? Ich suchte mein Gedächtnis danach ab, was ich verpasst haben könnte, aber ich fand nichts. Eben war es noch um Saunaöfen gegangen, jetzt ging es um Gruppensex.

Aber da waren die Gin Tonics, von denen ich mehr als einen gehabt hatte. Und da war Tom. Ich beschloss, zu tun, was immer er tun wollte. Dann malte ich mir die Szene aus und entschied mich um, und es kam dann nicht dazu, möglicherweise nur wegen mir. Aber sicher bin ich mir nicht. Ich konnte Claudius' stilles Lächeln nicht deuten, war er dafür oder war es ihm egal? Tom seinerseits unternahm keinen Versuch, mich zu überreden. Ihm schien alles recht zu sein, was geschehen würde, so jedenfalls kam es mir vor. Und Isabelle wirkte auch nicht enttäuscht. Die Unterhaltung ging mit anderen Themen weiter, und nach kürzester Zeit war es, als wäre nie etwas gewesen.

Wir räumten den Tisch ab, sagten gute Nacht, und Tom und ich gingen nach unten. Wir hatten Sex, nur wir zwei. Es war gut, es fühlte sich richtig an. Erst hinterher bemerkte ich die Katze. Sie saß auf dem Fenstersims und sah mich mit ihren unergründlichen runden Augen direkt an. Sie muss uns beobachtet haben, dachte ich.

Tom stand auf, wickelte sich ein Handtuch um die Hüften und hielt mir seinen Bademantel hin.

»Was?«, sagte ich.

Er griff nach meiner Hand. »Lass uns hochgehen.«

»Warum?«

»Einfach nur gucken, was Claudius und Isabelle machen.«

»Aber warum? Die schlafen wahrscheinlich, oder?«

»Komm, wir sehen mal nach.«

Oben war es dunkel. Die Spülmaschine lief. Der Geruch

von gebratenem Fleisch und Zwiebeln hing noch in der Luft. Ich folgte Tom durch den großen Raum, vorsichtig die hohe Stufe nehmend, hin zu Claudius' Bett.

Sie schliefen noch nicht. Wir setzten uns ans Fußende, grinsten uns an und unterhielten uns über nichts. Wir taten so, als wäre alles vollkommen normal, bis es sich tatsächlich so anfühlte. Ich weiß nicht mehr, wie genau ich dasaß, aber irgendwann – bis dahin waren vielleicht zwanzig Minuten vergangen – nahm Claudius meine Füße in die Hand und begann, sie sanft zu massieren. Es störte mich nicht, ich mag es, wenn meine Füße berührt werden. Isabelle sah es. Tom auch. Es schien niemandem etwas auszumachen, es schien überhaupt keine große Sache zu sein. Es fühlte sich ganz natürlich an. Eine natürliche Entwicklung der Dinge. Dann löste Tom den Gürtel meines Bademantels und begann, mich zu küssen. Er beugte sich über mich, küsste mich weiter, und mit geschlossenen Augen, als könne mich dann niemand sehen, kam ich auf dem Rücken zu liegen. Lag nackt auf Claudius' Bett. Mit Claudius und Isabelle hinter mir, und Tom, meinem Tom, vor mir, der mich immer noch küsste, sich aber nun langsam weiter nach unten bewegte, bis er zwischen meinen Beinen angekommen war.

Ich weiß nicht, was in meinem Rücken geschah, während Tom zwischen meinen Beinen war. Ich weiß, dass ich irgendwann begann, mit meiner Hand zu assistieren. Ich hörte Claudius schwerer atmen, von Isabelle hörte ich nichts. Ich kam.

Als Tom und ich aufstanden, um nach unten zu gehen, wünschte ich Claudius und Isabelle so normal wie möglich gute Nacht. Ein bisschen genierte ich mich. Aber was ich insgeheim fühlte, war Stolz. *Wie ein Anfang* – mit diesem triumphalen Satzfetzen im Kopf versuchte ich einzuschlafen.

Am nächsten Tag hörte ich nichts von Tom. Auch am übernächsten nicht. Dafür rief mein Bruder an und erteilte ungefragten Rat. So langsam, meinte er, müssten die Dinge zwischen Tom und mir anders sein, verbindlicher (weniger frei, könnte man sagen), so wie damals bei ihm und seiner Freundin, mit der er inzwischen verheiratet war. »Wenn du mit einem Mann länger als sechs Wochen etwas hast und er das immer noch nicht Beziehung nennt, dann stimmt was nicht.« Er schien nicht zu verstehen, was ich in Tom sah, schien ihn zu jung zu finden, und ob es stimme, was er gehört habe, dass er so viel Kokain nahm?

Als ich am Nachmittag darauf immer noch keine Nachricht von Tom hatte, rief ich Roni an, und wir trafen uns auf einen Kaffee. Sie hatte sich kürzlich von dem Vater ihrer Kinder getrennt. Es war ein langer Prozess bis dahin gewesen, mitsamt der für eine Trennung ja fast schon obligatorischen Paartherapie. Obwohl sie natürlich traurig war und mir erzählte, dass sie oft weinte, schien sie von innen heraus zu leuchten. Ich hatte sie noch nie so schön gesehen.

»Weißt du, was ich wirklich erschreckend finde?«, sagte sie, nachdem ich ihr erzählt hatte, wie es mir ging.

»Was denn?«

»Wie unsicher du auf einmal bist. Wie ist denn das passiert, wie bist du dir denn so schnell abhandengekommen?«

Ich widersprach. Dabei wusste ich, sie hatte recht. Mein Telefon war neuerdings immer auf laut gestellt (sogar nachts), ich hörte nur noch Klassik im Radio, und wenn sich jemand mit mir verabreden wollte, sagte ich nur unter Vorbehalt zu. An den Tagen, an denen ich Tom nicht sah, fühlte sich mein Leben an wie auf Pause gestellt.

»Frag ihn doch einfach, wann ihr euch wiederseht. Was soll denn immer diese Warterei? So kenne ich dich gar nicht.«

»Ich kann ihn das nicht fragen.«

»Warum das denn nicht?«

»Das wirkt doch total … needy.«

»Und?«

»Er würde das hassen.«

»Er würde hassen, wenn du ihm zeigst, wie es dir geht?«

»Er ist nicht so.«

»Nicht wie?«

»Man kann dem nicht kommen mit so Befindlichkeiten.«

»Ich versteh das nicht.«

»Was?«

»Was soll der Sinn daran sein, sich mit jemandem abzugeben, ich meine ernsthaft, dem man sich nicht so zeigen mag, wie man ist?«

»Das ist doch auch mal ganz schön.«

»Jessica, echt …«

»Das ist doch auch mal ganz befreiend, nicht dauernd allen auf die Nase binden zu müssen, wie schlecht es einem geht oder wovor man jetzt schon wieder Angst hat oder so weiter … Ich finde, es hat was, mal etwas weniger offen zu sein. Vielleicht ist es sowieso ein Fehler zu glauben, dass ein anderer einen irgendwie glücklich machen kann.«

»Das natürlich sowieso. Aber vielleicht solltest du ihm trotzdem ein bisschen mehr davon zumuten, wer du wirklich bist. Der wird schon nicht weglaufen. Der wäre ja schön blöd.«

Ich holte Tom in der Musikhochschule ab. Er führte mich durch das Gebäude, das so symmetrisch war, dass man sich darin wie ein Störfaktor fühlte, und erklärte mir, was ich schon wusste, von ihm aber gerne noch einmal hörte, zumal auf Englisch, weil es da klang wie ein düsterer Thriller: dass dieses Haus der Führerbau gewesen war. »This was Hitler's office.« Er deutete auf eine Flügeltür in der Mitte des ersten Stocks. »Über seinem Schreibtisch hing ein Porträt von Henry Ford. Er hat ja gute Autos geliebt. Und natürlich Antisemiten.« Meine Schuhe quietschten auf dem Marmorboden. Aus jedem Raum, an dem wir vorbeikamen, war leise Musik zu hören. Die meisten der jungen Menschen, die uns entgegenkamen, sahen koreanisch aus.

»Und hier unterrichten wir.« Er blieb vor einer Tür im Seitenflügel dritter Stock stehen, zog seinen Schlüsselbund aus der Hosentasche und sperrte auf. Es war ein kleines, mit grauem Teppichboden ausgelegtes Zimmer, in dessen hinterem Drittel podestartig erhöht ein Flügel stand, allerdings ein viel kürzeres Modell als das bei Claudius, daneben Notenständer. Davor waren etwas unordentlich ein paar Stühle gruppiert. Links an der Wand stand ein einfacher Holztisch mit einem dieser Stühle, auf denen man halb kniet, um den Rücken zu schonen. Darüber hing ein Poster, auf dem, vor dunklem Wolkenhintergrund, ein roter Sportwagen zu sehen war. »Ford Mustang«, sagte Tom, der meinem Blick gefolgt war. »Ich habe mir einen kleinen Scherz erlaubt.«

Der Geruch im Raum erinnerte mich an meine Schulzeit. Eine Mischung aus ungewaschenen Haaren, Konzentration und Schweiß. Ich ging zum Flügel und drückte ein paar Tasten. Der Klang erstarb sofort, ohne jeden Hall. »Willst du mir nicht endlich mal was vorspielen?« Ich zeigte auf seinen Geigenkasten, der auf dem Schreibtisch lag.

»Gib mir lieber mal einen Kuss.« Er zog mich an sich.

»Du?«, sagte ich und befreite mich aus seinen Armen.

»Ja?«

»Kann ich dich was fragen?«

»Klar.«

»Es geht aber um uns.«

»Okay.«

Ich schob den Geigenkasten zur Seite und setzte mich auf den Tisch. »Du hast mich gebeten, ein bisschen auf Abstand zu gehen – und ich gebe mir echt Mühe. Aber das mit uns geht doch jetzt schon eine ganze Weile, und ich bin immer noch nicht sicher, was es eigentlich ist. Was es für dich ist.«

»Ist das die Frage?«

»Ich bin mir nicht sicher, ob ich es so kann, wie du es willst. Vielleicht bin ich einfach nicht so frei.«

»Was genau möchtest du wissen?«

»Ich glaube, meine Frage ist: Sollen wir das vielleicht am besten vergessen, das mit uns?«

»Nein«, sagte er, und er sagte es, ohne zu zögern.

»Warum nicht?«

»Weil …« Er schien nach den richtigen Worten zu suchen. »Weil ich will, dass wir wachsen.«

Jetzt war es raus. Jetzt war es gesagt worden. Tom wollte, dass wir wachsen. Vielleicht hatten wir also einfach nur verschiedene Tempi. Vielleicht wollte ich zu schnell zu viel. Aber war es nicht viel schöner, viel erwachsener vielleicht auch, die Dinge wachsen zu lassen?

Mittlerweile fühlte es sich fast familiär an zwischen Tom, Claudius und mir. Wir kochten zu dritt und verbrachten Abende in

Bademänteln miteinander, ohne dass je wieder etwas Sexuelles in der Luft lag.

In der Zwischenzeit war die Sauna im Hof installiert worden, von der so viel die Rede gewesen war. Sie war spektakulär: ein schmaler, vielleicht sieben Meter hoher Turm aus Betonquadern, von denen einige breiter waren als die anderen, was insgesamt eine Form ergab, als stünden bei einer Kommode zu verschiedenen Seiten hin Schubladen offen. Man betrat sie von unten, über einige Metalltritte, die man hinaufklettern musste, um in den ersten von drei Bereichen zu gelangen, in dem sich ein Tauchbecken befand. Die Sauna selbst lag darüber. Sie war holzverschalt, mit einer Bank, auf der mit etwas Gedrängel drei Menschen nebeneinander Platz nehmen konnten, und wurde von einem Elektro-Ofen beheizt. Stieg man noch höher, kam man zu einer Art Ruhebereich, eigentlich nur eine Plattform, ein Metallgitter, auf dem man nur stehen konnte, wenn man das Dach aufmachte. Es war aus Plexiglas und ließ sich nach oben aufklappen wie eine Luke. Claudius und Tom waren ganz versessen darauf, in die Sauna zu gehen. Vielleicht ließ es sie sich nach ungesunden Nächten fühlen wie neu? Sie konnten endlos über alles Mögliche sprechen, was mit der Sauna zu tun hatte. Welche Kräuteraufgüsse am besten rochen oder ob man das Plexiglas durch richtiges Glas ersetzen solle, um den Himmel zu sehen. Da ich Hitze nicht lange aushalte, verließ ich die Sauna immer als Erste. Es war herrlich, in einer kalten Winternacht in Claudius' Hof zu stehen, die Haut dampfend von der Hitze, das Hirn angenehm benebelt von Wein.

Ich hatte Claudius zu schätzen gelernt. Er behandelte mich mit Respekt und hörte hin, wenn ich etwas sagte. Oft lachte er, wenn ich eine Bemerkung gemacht hatte, die er lustig fand, und wiederholte sie dann für Tom, der bisweilen nicht zuhörte, weil er schon wieder einmal damit beschäftigt war vorauszuahnen, worauf Claudius oder ich wohl als Nächstes Lust haben könnten. Ständig war er in der Küche und holte Wasser, mixte Drinks, füllte Eis nach oder bereitete schon mal irgendetwas fürs Essen vor, für später.

Manchmal gab es Kokain, aber das geschah immer beiläufig. Es lag irgendwann auf dem heruntergeklappten Deckel des Steinway bereit, mitsamt Karte und gerolltem Schein, und dann nahm davon, wer wollte, ohne dass es zum Thema gemacht wurde und interessanterweise ohne die kalte Gier nach sich zu ziehen, die diese Droge normalerweise mit sich bringt. Es war einfach da, aber unauffällig, im Hintergrund.

Einer dieser Abende. Wir waren in der Sauna gewesen, dann kochten wir. Wir hatten Handtücher um, ich um den Oberkörper, sie um die Hüften, und als wir da in Claudius' Küche standen und unseren jeweiligen Aufgaben nachgingen, ohne viel zu reden, fühlte ich mich auf eine so warme Weise zugehörig, dass ich mir wünschte, es könne für immer so weitergehen. Ich war für den Salat zuständig, Tom fürs Fleisch und Claudius für die Kartoffeln, die er mit Rosmarin bestreute und dann auf einem Blech in den Ofen schob.

Nach dem Essen räumten wir Teller und Gläser in die Spülmaschine und unterhielten uns noch ein bisschen in der Küche. Ich stand vor Tom, dem ich gerade irgendetwas erklärte, als ich plötzlich eine Berührung auf meinen Schultern spürte. Claudius war hinter mich getreten und begann, mich zu massieren. Überrascht sah ich Tom an. Er sah zu mir und dann weg. Einen Augenblick später drehte er sich um und stürmte die Treppe hinunter, die zu seinem Stockwerk ging.

»Ja, da gehe ich jetzt wohl mal ganz schnell hinterher«, sagte ich zu Claudius.

Ich fand Tom auf seiner Matratze sitzend und setzte mich neben ihn. »Warum bist du denn weggerannt?« Er antwortete nicht. Wo war er jetzt, was dachte er? Nach einer Weile zog ich mich aus und legte mich unter die Bettdecke. Ich hatte erwartet, dass er dasselbe tun würde, aber er stand auf und nahm meine Hand.

»Komm, wir gehen wieder hoch.«

»Im Ernst?«

Er nickte.

»Aber warum? Warum?«

Er antwortete nicht.

»Tom, warum?«

Ich folgte ihm trotzdem. Er schien so entschlossen. Er hielt mich fest an der Hand. Auf halber Treppe blieb er stehen und sagte das Folgende zu mir: »Du kannst machen, was immer du willst, aber verlieb dich nicht in Claudius.«

Claudius lag im Bett und schlief. Die Bettdecke bewegte sich regelmäßig mit jedem seiner Atemzüge. Wieder hatte ich keine Ahnung, was passieren würde. Oder warum überhaupt etwas passieren sollte. Alles, was ich wusste, war, dass Tom irgendwie verzweifelt schien, und ich war bereit, alles zu tun, damit er sich besser fühlte.

Claudius wachte auf, sah uns und lächelte. Tom legte sich neben ihn und ließ genug Abstand zu Claudius, dass ich zwischen sie passen würde. Also legte ich mich zwischen sie. Da lagen wir nun zu dritt in Claudius' Bett, zwei Männer und eine

Frau. Wir lagen reglos und schweigend. Irgendwann sagte Tom in einem neutralen, fast kalten Ton: »Wenn du gesagt bekommen willst, was du jetzt tun sollst, dann ist das der Moment, in dem du Claudius' Schwanz in den Mund nehmen solltest.«

Gott, fühlte sich das alles fremd an. Fühlte Tom sich fremd an. Und mehr noch Claudius, ganz zu schweigen von seinem Schwanz. Aber ich tat wie geheißen, weil die Aufforderung von Tom gekommen war. Dem ich vertraute. Und dessen Ansage mir genauso viel Angst eingeflößt hatte, wie sie mich erregte.

Was als Nächstes passierte, weiß ich nicht mehr. Es war dunkel, und es waren so viele Hände beteiligt, diesmal in echt. Ich weiß nur, dass ich irgendwann nicht einen, sondern zwei Schwänze in mir hatte. Und dass ich es aufregend fand, es fühlte sich an wie in einem Porno, und zwar in einem, in dem die Lust der Frau im Mittelpunkt steht – allerdings nicht sehr lange, denn dann setzte das Denken ein und fand mich beim Sex mit mindestens einem Mann, den ich kaum kannte. Und zwar ohne Kondom. Ich erinnere mich noch, dass ich mehrmals zu Claudius sagte, er dürfe unter keinen Umständen in mir kommen, auf gar keinen Fall, bloß nicht kommen.

Mittendrin zog Tom sich zurück. Er verließ sogar das Bett. Wo ist er hin, fragte ich mich, während sein Freund mich immer noch fickte, allerdings lahmer und lahmer, weil ich nichts tat, um ihn zu ermutigen. Ich hielt einfach nur still, während ich darüber nachdachte, warum Tom weggegangen war. Mit seinem Verschwinden war meine Erregung verflogen. »Du denkst zu viel«, sagte Claudius. Er brach ab und rollte sich neben mir auf den Rücken. Es war nicht viel passiert zwischen uns, dachte ich erleichtert, wir hatten uns noch nicht einmal geküsst (oder doch?).

»Wo ist denn Tom?«, fragte ich.

Claudius antwortete nicht.

Irgendwann kam er zurück, eine brennende Zigarette in der Hand. Er setzte sich ans Kopfende des Bettes, und ich weiß noch, dass ich dachte, dass er bestimmt schon oft dort gesessen hatte. Es sah so natürlich aus, wie er es tat. Und nicht zum ersten Mal fragte ich mich, was eigentlich in diesem Haus vor sich ging, wenn ich nicht da war.

Er wirkte niedergeschlagen. Ich streckte meine Hand nach seiner aus, aber er nahm sie nicht.

Als wir am nächsten Morgen aufwachten, unten in seinem Raum, sagte ich ihm, wie sehr ich ihn vermisst hatte, mit Claudius im Bett, als er so lange verschwunden war. Das schien ihn zu freuen. »Warum bist du überhaupt weggegangen?« Seine Antwort beinhaltete nur eine Zigarette und überzeugte mich kein bisschen.

Ich rief Roni an, die für einen Job in London war, und erzählte ihr, was geschehen war. Ich hatte das Bedürfnis, es irgendjemandem zu beichten. Es hatte ziemlich lange gedauert, bis ich in der Lage war, Sex mit *einem* Mann zu genießen, ohne ein vage schlechtes Gewissen zu haben. Vergnügen war nicht Teil meiner Erziehung gewesen. Mir war beigebracht worden, morgens früh aufzustehen, meinen Teller leerzuessen und immer erst die Arbeit zu erledigen, bevor ich etwas anderes tat. Meine Eltern tranken von Zeit zu Zeit ein Glas Wein, aber keiner von beiden war je im Leben betrunken gewesen – ich hatte sie gefragt. An Weihnachten pflegte mein Vater eine kleine Holzkiste mit Zigarren aus dem Geschirrschrank zu ziehen, sich mit theatralischer Geste eine anzuzünden und zu unserer großen Belustigung ein paarmal an ihr zu ziehen. Dann hustete er. Ich sehnte mich danach, Ronis Stimme zu hören.

Sie schien aufgeregter als ich selbst. »Du hast was?« Ich wiederholte es, keine Details, nur die Tatsache, dass. »Oh mein Gott. Wie toll. Wie aufregend. Wie war es?« Ich erzählte ihr mehr. »Aber weißt du was. Dass Tom so plötzlich weggegangen ist, kann nur heißen, dass du ihm viel bedeutest.«

»Echt, glaubst du?«

»Klar, keine Frage.«

»Aber vielleicht hatte es eher mit Claudius zu tun? Vielleicht will er ihn nicht teilen, vielleicht ging es um ihn.«

Roni seufzte. »Ja, genau«, sagte sie. »Und warum hat er dich dann gebeten, dich nicht in Claudius zu verlieben?«

Zu der Zeit war von der anderen Jessica kaum je die Rede. Manchmal erwähnte Tom sie, wenn es um seine Arbeit ging. Einmal sah ich sie in meiner Yogaklasse. Ich glaube nicht, dass sie mich bemerkte. Ob sie von Tom und mir wusste? Er sprach inzwischen von mir als *girlfriend*, ich hatte es ihn am Telefon zu einem Freund sagen hören. Von der letzten Reihe aus beobachtete ich, wie sie den Herabschauenden Hund machte und den Friedlichen Krieger. Der Geigenfleck an ihrem Hals war verschwunden, vielleicht übte sie in letzter Zeit weniger. Ich fand sie auf eine erwachsene Weise attraktiv. Ich mochte das scheue Lächeln, das sich auf ihrem Gesicht zeigte, als sie mit dem Mädchen auf der Matte neben ihr sprach. Sie bewegte sich mit Anmut durch die Asanas, ihr schlanker Körper bog und dehnte sich ohne sichtliche Anstrengung. Sie könnte Tänzerin sein, dachte ich und fühlte mich plump im Vergleich.

Dass ausgerechnet diese Frau Tom so wichtig war, fühlte

sich für mich inzwischen wie eine gute Eigenschaft von ihm an. Die andere Jessica wirkte so geerdet. Das wiederum erdete ihn für mich. Und wog all die beunruhigenden Dinge, die mit ihm einherkamen – Dreier, Vierer, und dass er einfach nicht zu greifen war –, vielleicht nicht vollkommen auf, aber bisweilen besänftigte es meine Ängste. Auf der Liste der Dinge, die dafür sprachen, dass mit Tom vielleicht noch einiges möglich sein würde, stand, neben der tiefen Liebe zu seiner Familie, die Wahl seiner Exfreundin für mich jedenfalls auf einem ganz vorderen Rang.

Auschwitz ist mehr als achthundert Kilometer von München entfernt. Trotzdem hatten wir beschlossen, mit dem Auto zu fahren, aus irgendeinem übermütigen Grund, der unter anderem damit zu tun hatte, dass Lanzmanns *Shoah*, das wir mittlerweile ganz gesehen hatten, auch nicht kürzer war, als die Reise sein würde. Es war meine Idee gewesen, dorthin zu fahren. Einmal im Leben, fand ich, sollte man dort gewesen sein, und es mit Tom zu tun erschien mir logisch, schließlich ergaben wir zusammengenommen einen Eineinviertel-Juden.

Pünktlich um neun Uhr morgens parkte ich vor Claudius' Haus und rief Toms Mobiltelefon an. Die Mailbox sprang sofort an. Ich wartete ein paar Minuten, rief noch einmal an. Wieder Mailbox. Ich stieg aus und lief zum Aufzug. Sie änderten den Code alle paar Wochen, doch der letzte, den ich gelernt hatte, war noch aktuell. Ich fuhr hinauf, betrat das Haus und ging die Treppe nach oben in Toms Zwischenstockwerk. »Tom?« Auf dem Tisch standen ein paar Gläser, in denen Limettenstücke lagen, daneben zwei leere Flaschen Gin. Ein paar der Stühle waren zurückgezogen. Offenbar hatten hier mehrere Personen gesessen und getrunken. Mein Blick fiel auf etwas Glänzendes, das unter einem der Stühle lag: ein Paar silberne Schuhe mit Stiletto-Absätzen.

Es traf mich mitten in die Magengrube wie ein verschossener Ball. Das Gefühl war mir so vertraut, dass es sich fast schon angenehm anfühlte, wie es sich nun langsam in meinem Körper ausbreitete, den Knien etwas von ihrer Standfestigkeit raubte, den Hals enger machte und die Außenwelt im gleichen Maße leiser, wie das Rauschen des eigenen Blutes im Ohr lauter wurde. Das letzte Mal hatte ich es gespürt, als ich herausfand, dass Nicolas mich ein halbes Jahr lang angelogen hatte, was seine Beziehung zu Jeanne betraf, der Frau, mit der er nach mir zusammengekommen war. Er hatte behauptet, sich von ihr getrennt und keinen Kontakt mehr zu ihr zu haben. Er hatte behauptet, alleine zu sein. Als einsamer Single darauf zu warten, dass ich ihn wieder zurücknähme. Ich hatte ihm gesagt, ich brauche etwas Zeit, während ich mich insgeheim schon nach Wohnungen in Paris umsah. Dann entdeckte ich Fotos von ihrer Geburtstagsparty auf ihrer Facebook-Seite. Sie hatte bei Nicolas gefeiert. In einem kurzen Lederkleid tanzte sie, umringt von Freundinnen, in seinem Wohnzimmer vor dem Bücherregal, das ich ihm besorgt hatte. Damals hatte ich vor meinem Computer gesessen, nun stand ich im Haus eines Komponisten, aber die Körperempfindung war dieselbe: leichter Schwindel und Aufruhr im Bauch, als kündige sich Durchfall an.

Ich wollte gerade in Toms Schlafzimmer, als ich von der Treppe her ein Geräusch hörte. Claudius tauchte im Türrahmen auf. Sein Gesicht hatte eine ungute pinkfarbene Note, er sah verschlafen aus.

»Guten Morgen«, murmelte er.

»Weißt du, wo Tom ist?«

Er sah unsicher aus.

»Ich sollte ihn um neun abholen. Wir wollten nach Auschwitz.«

Er sah mich fragend an.

Ich beugte mich über die silbernen Schuhe. Eine Größe größer als meine, ziemlich abgetragen. Wer hatte einen solch schlechten Geschmack?

Ich spürte, wie das Adrenalin durch meine Venen schoss, als ich in Toms Schlafzimmer lief. Auf der Matratze lagen zwei Personen. Beide hatten das Gesicht in die Richtung gedreht, in der ich stand, beide schienen zu schlafen. Die hintere Person war Tom. Vor ihm lag eine Frau, die ich im ersten Moment für die andere Jessica hielt. Dunkle kurze Haare. Ich beugte mich über sie. Nein, diese Frau hatte ich noch nie gesehen. Es war genug Abstand zwischen den beiden, dass ein Kleinkind dazwischen gepasst hätte. Toms Arm ruhte ausgestreckt auf ihrer Taille. Sie sahen friedlich aus, ohne Arg, einfach zwei Menschen, die schliefen. Und dann fiel mir auf, dass beide komplett angezogen waren. Das heißt, abgesehen von Schuhen. Meine jüngste Entdeckung beruhigte mich ein wenig, aber ich war weit davon entfernt, ruhig zu sein.

»Tom«, sagte ich. Ich glaube nicht, dass ich es sehr laut sagte, denn ich wollte nicht, dass die Frau aufwachte.

Keiner von beiden rührte sich.

Ich ging zurück ins Esszimmer. Claudius stand immer noch dort, er sah jetzt etwas wacher aus, aber nicht viel. »Da liegt eine Frau bei ihm im Bett«, sagte ich vorwurfsvoll. Claudius zuckte mit den Achseln. Ich sah ihm ins Gesicht, suchte dort nach Antworten, aber alles, was ich fand, war eine Andeutung von schlechtem Gewissen.

»Was war denn hier los gestern Nacht?«, fragte ich. Ich war ernsthaft neugierig.

»Nicht viel«, sagte Claudius, »aber irgendwie wurde es spät.« Sein Ton war fast mitfühlend jetzt, immerhin. Er drehte sich um und ging hoch, zurück ins Bett, nahm ich an.

Ich stand einen Augenblick unschlüssig herum. Dann nahm ich einen der silbernen Schuhe, öffnete das Fenster und schleuderte ihn in den Hof. Um ein Haar verfehlte er ein Auto, das dort parkte. Wie immer in dem Zustand, in dem ich mich befand, hatte ein Akt von Gewalt eine zutiefst befriedigende Wirkung. Für eine Sekunde.

Ich ging wieder in Toms Schlafzimmer. Dieses Mal gelang es mir, ihn wach zu bekommen. Es wunderte mich, dass die Frau nicht auch aufwachte. In was für einer Art Koma befanden sie sich? Vielleicht stellte sie sich auch nur schlafend. Er machte die Augen auf, beide auf einmal, und sah mich vollkommen verwundert an. Ich war mir nicht einmal sicher, ob er mich sofort erkannte. Erinnerte er sich daran, dass wir nach Auschwitz fahren wollten? Und wieder tauchte in mir die Frage auf, diesmal drängender als je zuvor: Was zum Teufel geschah in diesem Haus, wenn ich nicht da war?

»Morgen«, murmelte er und rieb sich die Augen. »Was ist denn? Wie viel Uhr ist es?«

»Fuck you.«

Ich drehte mich um und lief raus.

»Jessica.« Er musste aufgesprungen sein und kam mir nach. »Jessica … warte.«

Er holte mich im Esszimmer ein. Wir sahen uns an, ich

wütend, er mit einem schuldbewussten Ausdruck im Gesicht, nicht unähnlich dem, den ich gerade an Claudius gesehen hatte.

»Es tut mir leid«, sagte er.

»Es tut dir leid? Bist du so einer, ja?«

»Was meinst du?«

»Machst du immer, was du willst, und hinterher sagst du, es tut mir leid, es tut mir leid?«

Nach all den Rätseln, die er mir aufgab, hatte ich endlich einen greifbaren Grund, wütend zu sein, und etwas daran fühlte sich befreiend an.

»Ich hatte mir den Wecker gestellt, ich bin ganz sicher, aber ich hab ihn nicht gehört. Bitte geh nicht. Ich bin in fünf Minuten fertig, bitte warte.«

»Dass du verschlafen hast, ist mir scheißegal, aber wer ist sie? Wer ist diese Frau in deinem Bett?« Ich sprach leise, es war eher ein Zischen.

Er sah ehrlich aus, als er sagte, er habe keine Ahnung, wer sie sei. »Ich weiß noch nicht mal, wie sie heißt.«

»Und was für hässliche Schuhe sie hat. Wie kommt sie in dein Bett?«

Er erklärte, dass ein paar Freunde bei ihm gewesen seien, und einer habe sie mitgebracht. Und dass irgendwann einer nach dem anderen gegangen sei, nur sie sei irgendwie geblieben. Natürlich hatten sie Kokain genommen, und zuletzt hätten sie nur noch zu dritt an seinem Tisch gesessen, er, Claudius und diese Frau, und er habe ihr dann angeboten, bei ihm zu schlafen, weil es dann wirklich schon spät war.

»Oh, wie höflich von dir«, unterbrach ich ihn. »Um wie viel Uhr genau hast du zu denken aufgehört?«

»Das ist noch nicht sehr lange her«, sagte er mit entschuldigendem Gesichtsausdruck.

»Wenn du mit Drogen nicht umgehen kannst, dann nimm keine Drogen.«

»Aber ich kann mit ihnen umgehen.«

»Nein, kannst du nicht, und dies hier ist der Beweis, dass du es nicht kannst.«

Er sah aus, als wolle er widersprechen, aber es schien ihm nichts einzufallen. »Du hast recht«, sagte er schließlich.

»Hast du sie geküsst?«

»Nein, es ist nichts passiert. Ich meine, du hast uns gesehen, du hast doch gesehen, dass wir komplett angezogen waren.«

»Schläfst du überhaupt je allein?«

»Natürlich. Ich schlafe oft allein. Was denkst du denn.«

»Was weiß denn ich«, sagte ich, denn was wusste denn ich.

Es entstand eine Pause.

»Es hat sich einfach scheußlich angefühlt, dich mit einer anderen Frau im Bett zu sehen«, sagte ich leise.

Er sah aus, als verstehe er. »Das kommt vielleicht nie wieder vor.«

»Vielleicht? Ist das alles? Das kommt *vielleicht* nie wieder vor? Genauso gut kannst du sagen, du weißt es nicht, oder am besten überhaupt nichts sagen, ich meine, wenn du nicht weißt, was du sagen willst, dann sag halt einfach nichts. Arschloch.«

Ich lief die Treppe hinunter zum Aufzug. Er kam mir nicht nach.

Ich setzte mich ins Auto und stöpselte mein Telefon ein. Ich suchte nach einem bestimmten Song, einem wütenden Rap-Titel, den ich spielte, so laut es meine Autostereoanlage erlaubte. »Fuck your house, fuck your jewelry and fuck your watch«, ging der Refrain, »I'll shit on you. Fuck your wife, fuck your kids, fuck your family.« Es klang vollkommen richtig.

Ein Klopfen gegen meine Windschutzscheibe. Ich öffnete die Augen. Tom.

Neben mir im geparkten Wagen sitzend, sagte er noch mal, dass es ihm leid tue, und schlug vor, mit unserem Plan fortzufahren. Schnell auf einen Kaffee, dann würde er kurz duschen, danach Abfahrt nach Polen.

»Aber was ist mit ihr?«, sagte ich.

»Was ist mit ihr?«

»Sie hat nur noch einen Schuh.«

»Was?«

»Ich habe den anderen weggeschmissen.«

»Du hast was?«

»Ich habe ich weggeschleudert, und ich glaube nicht, dass sie ihn wiederfindet.«

Das schien ihn zu amüsieren.

Ich selbst hatte in der Zwischenzeit eine Spur schlechtes Gewissen entwickelt. »Sie kann doch nicht mit einem Schuh nach Hause gehen, oder?«

»Wen kümmert es, was mit ihr ist?«, sagte Tom. Und exakt in diesem Moment beschloss ich, dass wir tatsächlich unserem Plan folgen würden. Und als ich ihn beim Kaffee fragte, ob es ihm gefallen würde, mich im Bett mit einem anderen Mann liegen zu sehen, zögerte er nicht eine Sekunde, bevor er sagte: »Nein.«

Nach achteinhalb Stunden Fahrt erreichten wir Krakau, und nach weiteren vierzig Minuten, in denen wir durch unzählige schmale Einbahnstraßen kurvten, fanden wir dann auch unser Hotel. Als wir schließlich unser Zimmer verließen, war es schon dunkel und die Altstadt beleuchtet wie eine Kulisse für einen Märchenfilm. Wir liefen eine Weile herum und gingen dann in ein Restaurant, das uns vom Hotel empfohlen worden war. Es war holzvertäfelt und sehr touristisch, bis hin zur englischsprachigen Speisekarte, die eine Sektion mit glutenfreien Gerichten enthielt, dafür war es aber sehr gemütlich, genau wie die Kellner.

Es gab Wein. Es gab Klöße. Es gab viel Fleisch. Wir sprachen über unsere Eltern. Er war voller Bewunderung für seinen Vater, der, wie er jetzt erzählte, eng mit Vladimir Horowitz befreundet gewesen war. Und seine Mutter war für ihn schlicht der wundervollste Mensch überhaupt. Die Liebe seines Lebens. Er erzählte mir, dass er eigentlich einen Bruder gehabt hätte, und ich sagte ihm, dass ich das wisse. Die Details hatte auch er erst aus dem *New Yorker* erfahren. »Sie spricht nie darüber. Ich wusste nur, dass er dreizehn Jahre älter gewesen wäre. Ich habe immer versucht, ihn mir vorzustellen. Und dann habe ich versucht, ihn ihr zu ersetzen, damit sie ihn nicht mehr so vermisst.« Er schwieg einen Moment. »Er hätte Tom heißen sollen.«

Dann, als wolle er mich oder sich wieder aufmuntern, erzählte er, wie seine Eltern ihn als kleinen Jungen in Konzerte mitgenommen und nach seiner Meinung über die Interpretation gefragt hatten. Von einer Ferienreise zu dritt im Wohnmobil quer durch Mittelamerika. Von einem Airedaleterrier namens Max, der von einem Airedaleterrier namens Kramer abgelöst wurde, den seine Eltern immer noch besaßen. Ich fragte ihn, wie das eigentlich für seine Mutter gewesen sei – in einer Familie voller Musiker. Er sagte, dass sie in Wahrheit von ihnen die größte Musikliebhaberin sei. Kurze Pause, Lächeln: »Vor allem wenn die Musik von Bob Dylan ist.« Es klang so nett, wie er von ihnen sprach.

Im Vergleich erschien mir meine Beziehung zu meinen Eltern kompliziert, vielleicht sogar ein bisschen kühl, und ich schämte mich fast, als er immer weiter nachfragte, und ich fand, dass ich nichts vergleichbar Schönes zu erzählen hatte. In meiner Familie gibt es viel Distanz, wichtige Dinge bleiben unausgesprochen, Nähe wird durch Ironie oder sinnlose Geschäftigkeit vermieden. Mein Vater ist einer dieser Väter, die nie da sind, selbst wenn sie da sind. Eigentlich lebt er in seinen Büchern. Und vielleicht ist die Liebe einer Mutter zu ihrer Tochter nie ganz unkompliziert. Vielleicht ist es einfacher für Mütter, kleine Jungen zu lieben.

Früh am nächsten Morgen verließen wir das Hotel und fuhren weiter in das Städtchen Oświęcim. Das Museum war schlecht ausgeschildert, aber irgendwann fanden wir es. Wir parkten das Auto und gingen hinein. Der Eintritt war gratis. Das KZ Auschwitz sah aus wie ein friedliches Dorf, mit ordentlichen Straßen und wenigen sichtbaren Hinweisen auf seine tragische und mörderische Vergangenheit. Sogar das Schild »Arbeit macht frei« wirkte harmlos, einfach wie eine Sehenswürdigkeit. Wir gingen in ein paar der kleinen Häuser, in denen die Geschichte anschaulich gemacht werden soll durch abgeschnittenes Frauenhaar oder Tausende runde Brillen von Ermordeten, die hinter Vitrinen ausgestellt werden. Mir kam es vor wie ein dunkles Disneyland, in dem man sich gruseln soll oder sonst ein vorgeschriebenes Gefühl haben. Es gibt eine Gaskammer, die man betreten kann, was wir taten, doch auch darin war nichts zu begreifen, jedenfalls begriff ich nichts. Es war ein kalter, sonniger Tag, und wie wir da so herumliefen, Arm in Arm, musste ich mir mehr als einmal in Erinnerung rufen, dass wir nicht einfach nur einen netten Spaziergang machten.

Relativ schnell fuhren wir weiter zum zweiten Schauplatz, Birkenau, etwa fünf Autominuten entfernt. Nachdem man den Torbogen passiert hat, liegt vor einem ein weites offenes Feld, das nach hinten und zu den Seiten von Birkenwald gerahmt und in der Mitte von Zuggleisen durchschnitten ist. Nur ein paar Baracken stehen noch, alles andere liegt in Ruinen oder ist nicht mehr da. Die schiere Größe und Leere zwingen die eigene Vorstellungskraft, das alles zu füllen. Ich fand es kaum zu ertragen. Als ich im Inneren einer der Barracken auf einer Wand einen deutschen Satz las, »Sei ruhig!«, musste ich mich fast übergeben.

Zwischen den Birken an der Rückseite des Geländes hatte sich eine Gruppe junger Israelis versammelt. Einige hielten ihre blau-weiße Landesflagge in den Händen, ein paar hatten sich sogar in sie eingewickelt. Sie bildeten einen Kreis, und ein älterer Mann sprach auf Hebräisch eine Art Singsang in ein Megaphon, von dem die anderen gemeinsam die letzten Worte jeder Strophe wiederholten. Es klang wie ein Gebet.

Einmal war ich an Jom Kippur in der Münchner Synagoge gewesen. Gegen Ende des Gottesdienstes waren plötzlich viele Besucher aufgestanden, Männer wie Frauen, und hatten den Raum verlassen. Ich blieb, ich verstand ohnehin nichts von dem, was vor sich ging. Als wieder Ruhe eingekehrt war, ging der Gottesdienst weiter, und der Rabbiner sprach und sang viel eindringlicher und schöner als zuvor, und das ausgerechnet jetzt, wo doch so viele schon gegangen waren. Ich fand, sie hatten den Höhepunkt verpasst. Hinterher erfuhr ich, dass dies das Jiskor gewesen war, das jüdische Gebet für die Toten, und dass auch ich den Raum hätte verlassen müssen – nur Menschen, von denen wenigstens ein Elternteil bereits gestorben war, ist die Teilnahme erlaubt. Ich fühlte mich schrecklich schuldig, dass es für den Unaussprechlichen so ausgesehen haben mochte, als wünschte ich, meine Eltern wären tot.

Mein Großvater war in einem Konzentrationslager, meiner Großmutter gelang es, sich zu verstecken. Beide überlebten, aber wir haben nie erfahren, wie. »Darüber sprechen wir nicht«, war alles, was sie sagten, wenn jemand wagte, sie danach zu fragen. Obwohl sie nicht religiös waren und meinen Vater kein bisschen jüdisch erzogen, prägte ihr Hintergrund meine Identität, die mir selbst lange Zeit wie ein unlösbares Rätsel erschien.

An Weihnachten fuhr ich zu meinen Eltern nach Frankfurt, ging aber nicht mit in die Kirche. An hohen jüdischen Feiertagen war ich enttäuscht, nirgends eingeladen zu sein. Und wenn ich dann doch mal zu einem Pessach-Fest durfte, wusste ich nie, in welcher Reihenfolge man was essen oder welche Strophe wann mitsingen sollte, und fühlte mich noch einsamer, als wenn ich zu Hause geblieben wäre. Irgendwann beschloss ich zu konvertieren und meldete mich zu einem Kurs an. Die anderen Teilnehmer waren junge Frauen mit geflochtenen Zöpfen und seligem Lächeln, die sich dauernd meldeten und dem Rabbiner Fragen beantworteten, die dieser noch gar nicht gestellt hatte. Die Männer sahen mit ihren langen weißen Bärten aus wie der Weihnachtsmann, nur mit Kippa. Niemand sprach je mit mir oder grüßte auch nur zurück. Es war, als nähme ich an einem Wettbewerb teil, bei dem es nur einen Sieger geben konnte. Irgendwann sah ich ein, dass ich wohl eher das Judentum eines Woody Allen oder Philip Roth im Kopf gehabt hatte als die religiösen Bräuche am Laubhüttenfest im Wandel der Zeit. Und als ich nach circa zehn Stunden Hebräisch an der Abendschule immer noch nur einen einzigen Buchstaben entziffern konnte, und zwar den ersten, Aleph, gab ich das Vorhaben wieder auf.

Ich fragte Tom auf unserer Rückreise von Auschwitz, ob er sich eigentlich jüdisch fühle. Er verstand die Frage erst gar nicht, der Glückliche, dann sagte er einfach nur ja.

Kurz nach unserer Rückkehr waren wir zu einem Abendessen bei Freunden von mir eingeladen, einem glamourösen Paar – sie war die Tochter einer bekannten italienischen Modemacherin, er irgendwie mit Fassbinder verwandt –, und Tom, der während des Essens nicht neben mir gesessen hatte, war nach dem Hauptgang plötzlich verschwunden. Er war nicht im Bad, er war nicht in der Küche, er war auch nicht auf dem Balkon, wo man rauchen durfte. Ich fand ihn schließlich im Schlafzimmer. Die Tür stand offen, das Licht war an, er saß auf dem Bett. Er war bester Laune gewesen, als er zu mir kam. Jetzt sah er aus, als quäle ihn etwas.

»Was machst du denn ganz allein im Schlafzimmer?«

Er antwortete nicht. Ich war mir nicht einmal sicher, ob er mich überhaupt gehört hatte. Er starrte irgendwo vor sich ins Leere.

»Tom?«

Nichts.

»Tom?«

Jetzt sah er mich an.

»Was machst du denn hier?«

»Nichts.«

»Ist irgendwas?«

»Nein. Was soll sein?«

»Nur, weil du hier so allein sitzt …« Ich setzte mich neben ihn.

»Kann ich Claudius anrufen?«, fragte er.

»Klar. Aber wozu?«

»Nur mal gucken, wo er ist.«

»Willst du gehen?«

»Ich will einfach mal schauen, was er so macht.« Er schien es kaum abwarten zu können, diesen Anruf zu tätigen, er hielt sein Telefon schon in der Hand.

»Klar«, sagte ich. »Aber was ist denn los mit dir? War irgendjemand blöd? Immer wenn ich geschaut habe, sah es aus, als unterhieltest du dich nett.«

Claudius war in der Tat gerade irgendwo, und zwar im Schumann's, zusammen mit Isabelle. Und zwei Minuten später hatten wir uns auch schon auf den Weg zu ihnen gemacht. Im Taxi sprachen wir nicht viel.

Von dem Moment an, in dem wir die Bar betraten und er seinen Freund dort sitzen sah, war Toms schlechte Laune wie weggeblasen. Es wurde kein Kokain genommen an diesem Abend, ich achtete darauf, niemand ging je aufs Klo, und doch schien Tom auf einmal wieder elektrisierend wach und bester Laune, und die Männer unterhielten sich über schnelle Autos oder Sterneköche oder Architektur oder was auch immer zu dieser Zeit gerade Claudius' Lieblingsthema war, und bestellten Wein und noch mehr Wein. Was war es nur, was Claudius für Tom bedeutete? Ich verstand den Zauber immer noch nicht, den er offensichtlich auf ihn ausübte.

Wir sahen uns weiterhin dreimal die Woche – und hatten weiterhin ungeschützten Sex. Ich merkte, wie mein Eisprung sich ankündigte, vollzog und wieder vorüber war. Wann immer Tom in mir kam, meinte ich spüren zu können, wie mein Körper sein Sperma aufsaugte, um nicht den kleinsten Tropfen zu verschwenden. Es war nichts Bewusstes. Die Antwort wäre unverändert vierzig zu sechzig gewesen. Es war größer als ich, mächtiger, wahrscheinlich hatte es mit Natur zu tun.

Aber nichts passierte, ich wurde nicht schwanger. Hin und wieder fragte ich mich, ob Tom sich eigentlich darüber bewusst war, was wir taten. Konnte es sein, dass er gar nicht darüber nachdachte? Ließ er es einfach darauf ankommen? Aber das taten Männer in der Regel nicht, und ich wollte das Thema nicht noch einmal ansprechen, um das Schicksal nicht zu beeinflussen, aber auch, weil ich nicht wollte, dass es zwischen uns so beschwert würde, wie es nach den zwei Fehlgeburten mit Nicolas gewesen war. Also sagte ich nichts. Doch dieser geheime Subplot unserer Geschichte erinnerte mich an eine Orgel-Fuge von Bach. Bei der die rechte Hand eine Melodie spielt, dann kommt die linke hinzu, aber ganz egal, was die hohen Töne machen, ab einem gewissen Zeitpunkt liegt darunter, von den Pedalen gespielt, eine viel tiefere, mächtigere Melodie.

Manchmal, wenn ich bei Tom war, bekam Claudius Damenbesuch. Ich habe bestimmt drei von ihnen kennengelernt, wenn nicht vier, alle jung, hübsch, langbeinig, dunkelhaarig und stark geschminkt. Weil zwischen den Stockwerken keine Tür war (oder die Tür immer offen stand), konnte man die Sexgeräusche von oben in Toms Wohnung hören. Einmal fragte ich Claudius, ob Isabelle davon wusste. Er sagte ja, und ich wechselte das Thema.

Mit der Zeit hatten viele Möbelstücke ihren Weg in Toms ursprünglich leeres Apartment gefunden. Sein Esszimmer war nun komplett ausgestattet, bis hin zu einem kleinen Herd. Er hatte einen Grill, genügend Stühle, um eine Fußballmannschaft zu bewirten, neue Lampen, ein Bücherregal – das einzige, was fehlte, war ein Spiegel. Wenn ich morgens bei ihm aufwachte, griff ich als Erstes zu meiner Tasche, um im Spiegel meines Kompaktpuders zu überprüfen, wie ich aussah. Ob meine Haare wieder mal in alle Richtungen wegstanden oder ob es einigermaßen ging. Aber der Spiegel war sehr klein. Es hätte mich nicht so gekümmert, wenn der Gang zur Toilette nicht gleichbedeutend mit dem Betreten eines öffentlichen Raumes gewesen wäre. Einmal, als Tom gerade duschte, sah ich mich in seinem Raum nach etwas um, das als Spiegelersatz dienen könnte. Meine Wahl fiel auf eine kleine silberne Schatulle, rund und mit abnehmbarem Deckel. Ihr Inhalt war auf den ersten Blick sichtbar: Kondome, noch aneinanderhängend, bekannte Marke, drei Stück.

Ich hatte einmal in der Schublade, in der Nicolas seine Unterwäsche aufbewahrte, eine Packung Kondome gefunden. Das war in Paris gewesen, und da ich ihm beim Einzug geholfen, die Kartons mit ausgepackt und alles eingeräumt hatte, wusste ich mit Sicherheit, dass sie zuvor nicht dort gewesen war.

Sie war geöffnet, ein Kondom fehlte. Wir gerieten darüber in einen schlimmen Streit, aber irgendwie schaffte er es, ihn hauptsächlich darum gehen zu lassen, dass ich seine Sachen durchwühlt hätte. Er blieb bei seiner Version, keine Ahnung zu haben, wie die Schachtel dorthin gekommen sei. Ich hatte also keinen Namen, kein Gesicht, keine Gegnerin.

Anna war klein und rund gewesen, mit langen dunklen Haaren und dem Gesicht einer Vierjährigen. Ich fand Fotos von ihr in Reizwäsche, als ich meinem damaligen Freund einen Überraschungsbesuch abstattete. Als ich in sein Badezimmer ging, um mir die Hände zu waschen, fiel mir der Stapel Fotos auf dem Regal über dem Waschbecken sofort auf. Sie trug auf allen Bildern Strapse, guckte schmollend von unten in die Kamera und lag auf dem Bett, das er sich erst angeschafft hatte, als er wenige Wochen zuvor umgezogen war. Ich holte mir ein dickes Holzschneidebrett aus seiner Küche, mit dem ich dann auf ihn einprügelte. Irgendwann brach es in der Mitte entzwei. Er stand nur da und wehrte sich nicht, als fände auch er, das habe er verdient. Am nächsten Tag hatte er ein blaues Auge. Es war das einzige Mal, dass ich jemanden schlug.

Katharina war Model. Weiße Haut, lange Gliedmaßen, großer Mund. Sie lebte in München, wie mein Exfreund – ich damals noch in Frankfurt bei meinen Eltern. Wochenlang lag ich nachts wach, weil ich die beiden im Geiste lachend auf Fahrrädern durch den Englischen Garten fahren sah. Seine Trennung von mir war nicht sehr überzeugend gewesen. Bei uns im Küchenregal stand ein Einmachglas, so ein altmodisches mit Drahtbügelschließe und Gummidichtung. Ich glaube, meine Mutter bewahrte Vanillezucker darin auf. Irgendwann fand ich heraus, dass ich das Bild der beiden loswurde, wenn ich sie gedanklich in dieses Gefäß steckte. Dann den Deckel fest zu und den Bügel nach unten gedrückt. Nur so fand ich Schlaf.

Katja war Kunststudentin, ebenfalls München. Damals wohnte ich noch in Frankfurt. Als ich eines Abends meinen Freund anrief, mit dem ich wieder zusammen gekommen war, ging sie an sein Telefon. Nach wenigen Sätzen hatten wir herausgefunden, dass er uns beide seit Monaten belog. Wir verließen ihn und schrieben uns einige Monate lang Briefe, in denen wir abzugleichen versuchten, was er uns jeweils erzählt hatte, wenn er sich mit der anderen traf. Wir machten uns über sein Lispeln lustig und darüber, dass er sein Alter geschönt hatte. Irgendwann teilte sie mir mit, dass sie wieder mit ihm zusammen sei. Es war der letzte Brief, den sie mir schrieb.

Maria war Fotografin – ein anderer Freund, Simon, betrog mich mit ihr. Er gab es zu, nachdem ich ihm die Rechnung zeigte, die ich auf seinem Tisch gefunden hatte: eine Suite im teuersten Hotel Wiens, dem Imperial. Mehr als siebenhundert Mark für die Nacht, unter den aufgelisteten Extras waren zwei Gläser Champagner. Hin und wieder sah ich ihre schwarzweiß fotografierten Milieustudien in Magazinen. Menschen in der S-Bahn, Jahrmarktszenen, Bauern in Serbien. Jahre später gewann sie einen renommierten Preis.

Annette war ebenfalls Schauspielerin, ziemlich bekannt. Ihre Affäre mit Simon machte Schlagzeilen. Lange googelte ich sie jede Nacht. Meistens fand ich nichts, aber manchmal hatte ich Glück – oder Unglück – und entdeckte Fotos, die sie zusammen beim Skifahren zeigten oder händchenhaltend auf einem roten Teppich. Sie lachten immer irrsinnig glücklich in die Kamera.

Alice, eine weitere Frau, mit der Simon mich betrog, war Fernsehmoderatorin. Sie wirkte schlau und ein bisschen kalt. Ihre Affäre dauerte nicht lange, war aber stürmisch, den Fotos nach zu urteilen, die ich im Internet von ihnen fand. Als sie lange danach einen Roman veröffentlichte, las ich ihn ängstlich quer und fragte mich bei jeder männlichen Figur, ob sie Simon nachempfunden war.

Virginie war die Frau, die Nicolas für mich verlassen hatte. Sie hatten zusammengewohnt und von Heirat gesprochen, kurz bevor er sich von ihr trennte. (Warum hatte mich das nicht stutzig gemacht?) In einem seiner Schränke fand ich Fotos von ihren Urlauben. Auf einem stand sie vor schneebedeckten Gipfeln und zog ihr T-Shirt hoch – sie trug keinen BH. Andere zeigten sie im Kreise seiner Familie. Sogar Nicolas' Schwester schien sie zu mögen, die beiden umarmten sich ständig für die Kamera. Dieselbe Schwester richtete niemals das Wort an mich, als ich mit Nicolas zusammen war. Als er sie einmal darauf ansprach, erklärte sie ihm, mein Französisch sei einfach zu schlecht.

Den Namen der dünnen Blonden habe ich nie herausgefunden. Nicolas weigerte sich, ihn zu verraten, egal wie oft und hartnäckig ich es versuchte (oft). Früh in unserer Beziehung saß sie nackt auf seinem Jacobsen Egg Chair. Ich weiß das, weil er ein Foto von diesem für ihn offenbar unwiderstehlichen Anblick machte. Ich weiß das, weil ich die Fotos auf seiner Kamera durchsah. Ich löschte es sofort, aber das überraschte Lachen auf ihrem mageren Gesicht habe ich nie vergessen. Ich habe mich niemals wieder auf diesen Stuhl gesetzt.

Jeanne war meine letzte Obsession gewesen. Die Frau, mit der Nicolas nach mir zusammenkam. Sie moderierte eine Kindersendung im französischen Fernsehen, die live im Internet übertragen wurde und die ich mir sehr lange sehr regelmäßig ansah. Sogar auf einer abgelegenen Insel in Thailand klappte ich meinen Laptop um Punkt Mitternacht auf, sechs Uhr in Paris, überzeugt davon, an ihrem Gesichtsausdruck während der Eingangsmoderation ablesen zu können, wie es um ihre Beziehung stand. Manchmal hatte ich den Eindruck, sie habe in der Nacht zuvor geweint. Natürlich kann das auch Wunschdenken gewesen sein.

Sie hatte ein langes Gesicht, und ihre Haare waren immer sorgfältig geglättet und blondiert. Ihr Schmuckgeschmack wurde mit der Zeit etwas weniger tussig. Ich war mir sicher, dass das Nicolas' Einfluss war – er mochte es, wenn Frauen sich klassisch kleideten, sein Ideal dürfte in etwa eine Stewardessenuniform sein. Wenn sie lächelte, bildeten sich um ihre Mundwinkel bizarre Linien, die mich immer an ein kleines Nagetier denken ließen (und sie lächelte viel). Was sie aber während ihrer Sendung hauptsächlich tat, war, ihr eigenes Aussehen in einem Kontrollmonitor zu begutachten, der schräg vor ihr in die Studiodekoration eingebaut war. Sieben Sekunden lang hielt sie es aus, direkt in die Kamera zu schauen, während ihr Co-Moderator dran war. Sieben Sekunden, das war das absolute Maximum. Dann wurde ihr Blick unruhig und suchte den Monitor.

Einmal lief ich in Paris Nicolas über den Weg, der da noch nicht wusste, dass ich in der Stadt war. Es war in der Nähe seines Hauses. Er kam gerade aus einem Supermarkt, beladen mit zwei schweren Einkaufstüten. Mit hängenden Schultern, verstrubbelten Haaren und schlampig gekleidet schlich er die Straße entlang. Als er mich sah, verwandelte sich der Ausdruck auf seinem Gesicht in Schock. Er starrte mich an, als sähe er ein Gespenst. Er sagte nicht einmal hallo, als er an mir vorüberging. Er lief einfach weiter, im selben langsamen Tempo, und starrte mich an. Eine Viertelstunde später rief er an und erklärte, es sei eine unmögliche Situation gewesen, er gerade mit Jeanne, und was machte ich überhaupt auf einmal in Paris?

Sie musste ein gutes Stück vor ihm gelaufen sein, sonst hätte ich sie gesehen. Was aber bedeutet es, wenn ein Paar an einem verregneten Sonntagvormittag einen Supermarkt getrennt verlässt? Die einzige Erklärung, die ich dafür finden konnte, versetzte mich in Hochstimmung – zumindest zwei Tage lang.

Und jetzt gab es die andere Jessica. Bei der nicht auszuschließen war, dass der Mann, der mich *girlfriend* nannte, woraus ich folgerte, dass er mein *boyfriend* war, noch mit ihr schlief. Dennoch fühlte ich keine Eifersucht, so gründlich ich mich auch überprüfte. Ob es daran lag, dass Tom nicht log? Aber was, wenn da doch andere Frauen waren? Was, wenn er log?

Mein Bruder wohnt ganz in der Nähe von mir. Er hat eine Frau und einen zweijährigen Sohn. Manchmal kommt meine Mutter zu Besuch, damit ihr Enkel sie kennenlernt, so drückt sie sich aus. Ich glaube, sie befürchtet, dass er sich sonst später nicht an sie erinnern wird. Sie ist über das Alter hinaus, in dem man denkt, Tod sei etwas, das nur anderen passiert. Ich habe kein Gästebett, deshalb schläft sie immer bei meinem Bruder und seiner Familie. Ihre Wohnung ist größer als meine und besser ausgestattet, sie haben sogar eine Bügelstation. Und eine Küche wie für Profis, während meine immer noch die improvisierte ist, die bei meinem Einzug nur vorläufig sein sollte, und der liegt inzwischen acht Jahre zurück.

Eines Morgens kamen Tom und ich aus meinem Haus, als vor uns auf der Straße eine ältere Frau vorbeilief, adrett gekleidet, eine Papiertüte vom Bäcker in der Hand. Es dauerte einen Augenblick, bis ich sie erkannte. Dann ging ich zu ihr und gab ihr einen Kuss. »Das ist meine Mutter«, sagte ich zu Tom. »Das ist Tom.« Sie musterten einander mit freundlicher Neugierde und gaben sich die Hand.

Meine Mutter ist eine attraktive Frau, die bis heute etwas von der Ausstrahlung eines jungen Mädchens hat, und möglicherweise hat sie die schönste Augenfarbe der Welt: ein dunkles Smaragdgrün, mit Splittern von Bernstein und Lavendel darin. Sie färbt sich die Haare im gleichen rötlichen Braunton, den sie als junge Frau hatte. Manchmal frage ich mich, wie sie für andere aussieht. Ob sie das Gesicht sehen, mit dem ich aufgewachsen bin und das ich deswegen bis heute sehe. Oder jene ältere Dame mit den getönten Haaren, auf die ich einen kurzen Blick erhaschte, bevor ich erkannte, dass es meine Mutter war.

Sie sagte, sie habe gerade Frühstück geholt, und wir vereinbarten, uns später am Tag zu sehen. Sehr höflich, fast schüchtern, verabschiedete sie sich von Tom, und wir sahen ihr nach, bis sie um die Ecke gebogen war.

»Was für ein Zufall, deine Mutter auf der Straße zu treffen«, sagte Tom. »Ich meine, wann passiert das schon noch in unserem Alter? Dass man zufällig seine Mutter auf der Straße trifft?«

Mein Bruder erzählte mir später, dass meine Mutter gefunden habe, Tom wirke etwas blass, aber sehr wohlerzogen. *Ein hübscher Mann,* habe sie gesagt, und: *Hoffentlich kann Jessica diesen jetzt mal halten.*

Der lange Winter klang aus, an den Bäumen zeigten sich die ersten Blätter, und ich fragte mich, wie es wohl weitergehen würde mit Tom und mir. Würde das alles bleiben, Sauna, Abendessen und dieser Sex, nach dem ich wie süchtig war?

»Und, wo steckt Tom?«, fragte mein Bruder jedes Mal, wenn ich ihn sah. Ich mochte den Ausdruck in seinem Gesicht nicht, wenn ich antwortete, ich wisse es nicht. Aber genau so wenig mochte ich meine Antwort.

»Tom, was ist eigentlich mit uns?«, fragte ich ihn irgendwann. »Wird das irgendwann noch mehr?« Er sagte, es gefalle ihm genau so, wie es sei, dass wir den anderen lassen würden, die Freiheit daran. Und als er sah, dass ich enttäuscht war, schickte er das Schönste hinterher, das überhaupt jemals ein Mann zu mir gesagt hat. »Mit dir bin ich der Mensch, der ich immer gerne wäre.« Er sagte es so beiläufig, dass ich ihn bat, es zu wiederholen, weil ich mir nicht sicher war, ob ich mich nicht vielleicht verhört hatte. Er wiederholte es. Ich hatte mich nicht verhört.

Und so machten wir weiter, doch ich fand die abrupten Wechsel von intensiver Nähe und keinem Kontakt immer schwerer auszuhalten. Nach einer gemeinsam verbrachten Nacht und Sex am Morgen, ganz warm und zärtlich, ging er zur Tür hinaus, und ich hörte zwei Tage nichts von ihm.

Und dann war da die Sache mit den Kondomen.

Natürlich sah ich nach. Beim ersten Mal war alles gut: drei Kondome, noch aneinanderhängend, bekannte Marke. Aber als ich das nächste Mal nachsah, war nur noch eines da. Zwei waren verschwunden.

Es hatte immer Gerüchte über Tom gegeben. Viele dachten, ich sollte es besser wissen, und sagten mir das auch.

»Tom? Der große Blonde, Geiger, aus New York? Da musst du aufpassen, der ist ein Hallodri. Ich habe ihn echt gerne, aber der ist ein Hallodri.«

Ein anderer gebrauchte das Wort *Filou.* So ziemlich jeder kannte eine Frau, mit der er schon mal was gehabt haben sollte. Manche kannten mehrere.

»Steht der nicht auf Orgien?«, wurde ich mehr als einmal gefragt, auch wenn keiner auf Nachfrage Genaueres zu wissen schien. Und jeder hatte gehört, dass er zu viel Kokain nahm. Und trank. Und dass er sowieso jede Frau an seiner Seite mit seiner Exfreundin Jessica betrog.

»Tom sammelt Frauen wie Schmetterlinge«, sagte mir ein guter Freund von ihm. »Ich weiß nicht, ob er selbst weiß, was er eigentlich sucht.«

»Zwei Kondome sind auf einmal weg. Roni, was mache ich denn jetzt?«

Um sie herum tobte gerade ein Kindergeburtstag, wie durch die Leitung laut mitzuerleben war, aber sie hatte sich alles geduldig angehört.

»Wie schlimm wäre es denn für dich, wenn er wirklich mit anderen was hat?«

»Ja, das weiß ich eben nicht. Bisher hätte ich gesagt: sehr schlimm. Aber es nimmt mir doch nichts weg im Grunde, oder?«

»Ganz ehrlich, ich finde, so ist es. Aber man muss natürlich auf sich achten. Jeder hat seine eigenen Grenzen. Du kennst doch zum Beispiel meine Freundin Ina. Die und ihr Mann haben … Sekunde …«

Ich hörte sie zu irgendeinem Kind sagen, es solle sich bitte wieder anziehen. Ich hörte etwas, das erst nach Durcheinander-Schreien klang, dann wie schiefer Gesang, dann wie Gelächter.

»Tut mir leid«, hörte ich wieder Ronis Stimme, »hier ist das reinste Chaos. Wo waren wir? Tom hat eine variable Kondomsituation, mehr wissen wir doch eigentlich nicht.«

»Ja, was meinst du, dass er sie hin und her trägt, von Zimmer zu Zimmer?«

»Immerhin ist es doch schon mal eine gute Nachricht, dass er Kondome benutzt«, sagte Roni. »Mich beschäftigt das gerade sehr, Monogamie und so weiter, ich meine, wir leben nur einmal, wir haben einen Körper, warum ihn nicht benutzen, solange noch alles funktioniert? Man muss vielleicht nicht immer alles wissen.«

»Ja, dann mache ich ja bisher sehr viel richtig.«

»Haha. Aber im Ernst jetzt, solange er aufmerksam und liebevoll mit dir ist, wenn ihr euch seht …«

Roni traf sich neuerdings mit einem der Väter, die sie aus der Schule ihrer Kinder kannte. Zehn Jahre lang hatte sie ausschließlich Sex mit ihrem Freund gehabt. Jetzt, wo sie getrennt waren, dachte sie ernsthaft darüber nach, nie wieder eine feste Beziehung einzugehen. Wenn wir uns trafen, konnte ich beobachten, wie sie jedem Mann, der an uns vorbeikam, entschlossen in die Augen sah.

»Also, du findest, ich sollte mir deswegen jetzt nicht solche Sorgen machen.«

»Wenn das geht«, sagte sie. »Warum sich überhaupt Sorgen machen. Was soll denn das alles schon für eine Wichtigkeit haben? Irgendwann sind wir tot.«

Wir machten eine zweite Reise, diesmal in ein kleines Hotel in Südfrankreich, das mir schon des Öfteren empfohlen worden war. Dicke, efeubewachsene Mauern schirmten es vor neugierigen Touristen ab, die außen vorbeispazierten und immer wieder mal die schmale Eisentür öffneten, um wenigstens einen Blick in den Innenhof zu werfen. Hin und wieder spazierten welche hinein und machten Fotos vom Garten, in dem so viel blühte, dass die Luft süß roch, und vom Innenhof, in dem die Tische zur Mittagszeit mit weißen Tafeltüchern gedeckt wurden, doch spätestens wenn sie versuchten, die winzige Lobby zu betreten, in der neben der Rezeption nur noch Platz für eine kleine Bar war, forderten Hotelangestellte sie auf, das Grundstück zu verlassen. Die Hauptattraktion war der Swimmingpool. Er befand sich auf der Rückseite des Hauses. Er war grün gekachelt und wurde von einer Skulptur von Alexander Calder bewacht, deren dünne Arme sich schläfrig in der mediterranen Brise bewegten. Nur Hotelgästen war der Zugang zum Poolbereich gestattet. Auf Sonnenliegen ließen sie hier die Stunden verstreichen, bis es Zeit für einen ersten Aperitif war.

Abends fand man sich im berühmten hoteleigenen Restaurant ein, dessen Wände gepflastert waren mit echten Picassos, Mirós, Chagalls. Wir waren mit Abstand die jüngsten Gäste und wurden mit neugierigen Blicken von den Nebentischen bedacht, an denen Paare saßen, denen die Gesprächsthemen ungefähr zu der Zeit ausgegangen sein mochten, als Simone Signoret und Yves Montand hier ihre Hochzeit feierten.

Claudius hatte Tom erzählt, dass ein alter Architekt ganz in der Nähe wohnen solle, der in den siebziger Jahren mit dem Bau kugelrunder Häuser berühmt geworden war. Wir beschlossen, ihm einen Besuch abzustatten und nachzusehen, ob er noch am Leben war. Unser Mietwagen schaffte es nur mit Mühe die kurvige, steil ansteigende Straße hinauf. Irgendwann fanden wir ein Grundstück, das wir für seines hielten. Das Tor war verschlossen, also parkten wir davor. Tatsächlich stand sein Name neben der Klingel, aber niemand öffnete. Wir kletterten über den Zaun und folgten einem kleinen Pfad den Hügel hinauf. Hinter Bäumen fast versteckt war ein Haus, das aussah wie eine grasgrüne Kaugummiblase mit Fenstern darin. Von innen war das Geräusch eines laufenden Fernsehers zu hören, und nachdem wir ein paar Mal geklopft hatten, ohne Reaktion, gingen wir einfach hinein. Wir fanden den einst berühmten Architekten in seinem Wohnzimmer, ein grimmiger alter Mann, der kurz aufsah und dann wieder auf den Bildschirm vor ihm starrte, ohne eine Miene zu verziehen.

Über seinen Beinen lag eine karierte Wolldecke. Auf seiner unteren Gesichtshälfte zeigten sich weiße Stoppeln. Er sah aus, als sei er zuletzt vor Wochen besucht und dann vergessen worden. Tom machte ihm ein Kompliment für sein Haus. Er reagierte nicht. Ich fragte ihn auf Französisch, ob er Englisch spreche. Er schüttelte den Kopf. Ich übersetzte ihm, was Tom gesagt hatte. »Dites-lui qu'il n'a pas de goût«, brummte der alte Mann, ohne uns anzusehen. »Ich soll dir sagen, dass du keinen Geschmack hast«, richtete ich Tom aus. Wir standen noch ein wenig höflich verlegen herum, ohne dass er uns Beachtung schenkte, dann entschuldigten wir uns und ließen ihn allein.

Als wir aus dem Haus kamen, sahen wir durch die Büsche einen Mann den Hügel hochstapfen. Er brüllte etwas in unsere Richtung, von dem ich nur die Worte »voiture« und »police« verstand. Wir rannten den ganzen Weg bis zum Auto. Ich trug Flip-Flops, aber ich lief fast so schnell wie Tom. Vor dem Tor parkten zwei Autos hinter unserem. Die Leute darin schienen schrecklich aufgebracht. Wir sprangen in unseren Wagen und fuhren den ganzen Rückweg in einem Tempo, als würden wir verfolgt. Das Hotel fühlte sich hinter seinen dicken Mauern auf einmal wie ein sicherer Hafen an.

Am Nachmittag machten wir einen Spaziergang durch das Städtchen. Kunstgalerie reihte sich an Kunstgalerie, alle denselben Art-Nouveau-Kitsch im Schaufenster, sonst gab es nichts, nicht einmal eine Bäckerei. Wir folgten einem kleinen Fußweg entlang der Stadtmauer und landeten schließlich auf einem Friedhof. Von dort hatte man einen wunderschönen Blick über ein weites, grünes, mit dunklen Zypressen gesprenkeltes Tal. Über den Himmel zogen Wolken und sorgten für ständige Lichtwechsel. Ich fragte Tom, wie er einmal beerdigt werden wolle. Er sagte, er wolle verbrannt werden und seine Asche solle an Freunde ausgehändigt werden, die sie an Orten verstreuen sollten, an denen sie gute Zeiten erlebt hatten. »Ganz gleich, ob das jetzt eine Insel in der Südsee ist oder die Toilette von einem Sterne-Restaurants«, sagte er so unbekümmert, als würde er ohnehin nie sterben.

Vor einem der Gräber war ein Pfeiler abgebrochen. Tom ging hin, um ihn aufzurichten, aber der Pfeiler sackte immer wieder zur Seite. Ich habe ein Foto davon, wie er sich über das Grab beugt. Tatsächlich ist es das letzte Foto, das ich je von ihm gemacht habe. Er ist darauf von hinten zu sehen. Gegen die Sonne aufgenommen sehen seine Haare wie Flammen aus. Er trägt einen neuen dunkelblauen Anzug. Er musste für ihn geändert werden, die Ärmel waren zu kurz. Er wollte ihn unbedingt auf unserer Reise tragen, und ich hatte ihn auf dem Weg zum Flughafen mit dem Taxi beim Schneider abgeholt. In diesem Anzug, in dem er auch in Cannes hätte über den roten Teppich laufen können, beugt er sich über ein Grab. Seine Mutter hatte ihn für ihn gekauft.

Tom schlief während des Fluges zurück nach München oder versuchte es. Ich sah aus dem Fenster und stellte mir vor, wie wir gleich in der S-Bahn vom Flughafen in die Stadt sitzen würden. Er würde eine Station vor mir aussteigen und wäre wieder verschwunden, und der Gedanke machte mich so traurig, als sei es schon passiert. Und genauso kam es dann auch. Seine Haltestelle wurde aufgerufen, er stand auf, nahm seine Tasche, gab mir einen schnellen Kuss – und war fort.

Ich kehrte in meine stille Wohnung zurück und verbrachte den Abend allein. Keiner der Freunde, die ich anrief, hatte Zeit. Ich glaube, ich machte noch nicht mal das Licht an. Ich saß im Dunkeln vor meinem Computer, las meine Mails, sah mir die ewig gleichen Fotos von Tom im Internet an und fühlte mich schrecklich alleine. Und es kam keine Nachricht von ihm, nicht mal eine kurze SMS, dass es schön gewesen sei, nichts.

Am nächsten Abend rief ich ihn an. Es war noch nicht spät, vielleicht kurz nach elf. Er ging sofort dran. Er klang müde.

»Hey«, sagte ich, »ich wollte nur mal deine Stimme hören.« Ich war in einer bedürftigen Stimmung und hoffte, das hörte man mir nicht an.

»Wo bist du?«, fragte er.

»Grad auf dem Nachhauseweg.«

»Willst du vorbeikommen? Ich liege schon im Bett, aber komm gerne, wenn du magst.«

Er lag tatsächlich schon im Bett, nur die kleine Nachttischlampe brannte, vielleicht hatte er gelesen. Vor Mitternacht? Tom? Was hatte er letzte Nacht noch gemacht? »Wie war dein Tag?«, fragte er.

»Gut, und deiner?«

»Gut, gut.« Er hielt die Bettdecke für mich hoch, und ich schlüpfte hinein, bis auf Mantel und Schuhe noch angezogen, ich weiß nicht, warum. »Und, was hast du gestern Abend noch gemacht?«, fragte ich.

»Nichts«, sagte er. »E-Mails beantwortet.« Sein Körper war warm unter der Decke, sein Geruch vertraut, und doch kam es mir vor, als läge ich neben einem Fremden. All unsere Nähe war verschwunden. Da lag nur ein langer männlicher Körper neben mir im Bett.

Er machte das Licht aus, und wir lagen im Dunkeln nebeneinander, ohne dass seine Hand nach meinem Körper suchte. Wie kam es, dass er so müde war? Warum war er so distanziert? Hatten wir nicht gerade das netteste Wochenende miteinander verbracht? Was war seitdem passiert?

Von oben waren plötzlich männliche Stöhngeräusche zu hören. »Noch eine Jessica«, sagte Tom und sah in Richtung Decke.

»Aha«, sagte ich. Fühlte er sich etwa ausgeschlossen? Rührte seine Laune daher? War er enttäuscht, dass Claudius ihm eine Affäre vorzog? Oder dass er nicht eingeladen worden war, dabei zu sein? Irgendwann hatte Tom erwähnt, in der Nacht zuvor Claudius beim Sex mit einer Frau zugeschaut zu haben. Was kümmert es mich, hatte ich zu denken versucht. Aber vielleicht kümmerte es mich doch. In diesem Moment wusste ich nur, dass mich dieser Ort abstieß. Die Sexgeräusche und das ganze Haus, diese Festung, in der sogar die intimsten Dinge geteilt wurden. Nichts war je privat im Inneren dieser grauen Wände. Sie waren nicht gebaut, um ein Zuhause zu schaffen, sondern um all die normalen kleinen Leute fernzuhalten, mit ihren normalen kleinen Leben und ihrer normalen kleinen Moral. Es war so leicht, von hier oben auf sie herabzusehen.

Ich setzte mich auf. »Letzte Nacht war ich ein bisschen traurig«, sagte ich und spürte schon, wie der Körper neben mir sich anspannte. Ich wollte ihm erklären, wie ich mich gefühlt hatte, doch bevor ich drei Sätze sagen konnte, war er schon aufgesprungen und vom Bett fortgeeilt, hatte sich irgendwo eine Zigarette geschnappt, die schon brannte, als er sich auf den Metallstuhl setzte. Nicht schon wieder, dachte ich. Ich stand auf und ging zu ihm. »Ich hab dich einfach vermisst gestern Nacht, das ist alles.« Ich berührte ihn am Arm. Er starrte vor sich ins Dunkle und rauchte. »Tom.« Seinen Namen auszusprechen fühlte sich wie eine Brücke an. Nur dass diese die andere Seite nicht zu erreichen schien.

»Jessica«, sagte er. Mein Name und der Name der anderen und der Name der Frau, die soeben ein Stockwerk höher gefickt worden war. »Wir hatten ein tolles Wochenende, das hatten wir wirklich. Aber du bist manchmal ganz schön anstrengend. Du verlangst die ganze Zeit sehr viel Aufmerksamkeit von mir. Ich war ganz froh, wieder nach Hause zu kommen, in meinen eigenen Raum, nichts gegen dich, aber ich brauche das. Du weißt, wie sehr ich meinen eigenen Raum brauche.«

»Weißt du was, es ist unmöglich, je mit dir über irgendwas wirklich zu sprechen. Ich hab dir keinen Vorwurf gemacht, ich wollte dir einfach nur erzählen, wie ich mich letzte Nacht gefühlt habe, mehr nicht.«

Er sagte nichts.

Ich ging zurück zum Bett.

»Du sagst nicht radikal ja zu uns, oder?«, sagte ich, eine Formulierung benutzend, die ich mal einen Therapeuten hatte sagen hören.

»Nein, ich sage nicht radikal ja.«

Ein paar ungesagte Sätze lang saßen wir in unseren jeweiligen Ecken. Ich umarmte meine Knie und suchte wieder einmal in diesem Zimmer nach Tränen. Ich fühlte mich absolut nach Weinen, aber da waren keine Tränen.

»Ich liebe meine Exfreundin noch immer«, sagte er schließlich, jedes einzelne Wort betonend, als koste es ihn viel.

»Warum fängst du jedes Mal wieder von ihr an? Ich fühle nicht, dass sie zwischen uns steht. Lieb sie doch einfach weiter, stört mich nicht. Ich habe kein Problem mit ihr. Sie hat nichts mit mir zu tun, sie hat nichts mit uns zu tun, so wie ich das sehe. Ich verstehe nicht, warum du immer wieder mit ihr kommst.«

»Stimmt, sie steht nicht zwischen uns.«

»Weißt du, was du machst? Du hältst jede neue Frau in deinem Leben auf Distanz, indem du deine Exfreundin wie ein Schutzschild vor dir herträgst. Du hast ein massives Bindungsproblem, das hast du.«

»Du hast recht, ich habe ein Bindungsproblem. Und du hast ein Problem damit, Grenzen zu ziehen. Ich sollte dir besser den Ärger ersparen, weil du dich offensichtlich nicht selber schützt.«

»Was heißt das? Willst du, dass wir uns nicht mehr sehen, ist es das, was du willst?«

»Nein, das will ich nicht. Aber was willst du denn jetzt von mir hören, irgendwelche Klischees?«

»Du willst mir den Ärger ersparen, weil ich mich selbst nicht schütze – hast du das gerade gesagt?«

»Ja. Das habe ich gesagt.«

»Was soll denn das bitte sonst heißen?«

Er antwortete nicht. Ich vergrub mein Gesicht in den Händen, wieder erwartete ich zu weinen. Aber da kamen keine Tränen. Meine Augen waren trocken, wenn nur mein Gehirn nicht so verschwommen wäre.

»Ich bin gleich wieder da«, sagte er und lief in Richtung der Treppe, in Richtung Toilette also. Ich stand auf, ging zu seinem Regal mit der runden Silberschatulle und nahm den Deckel ab: Sie war leer.

Als er zurückkam, saß ich wieder auf der Matratze.

»Schläfst du mit anderen Frauen?«

»Nein. Mit meiner Ex manchmal, aber nicht in letzter Zeit.«

Immer noch keine Tränen, obwohl ich sie herbeisehnte.

Er legte sich neben mich.

Ich streckte meine Hand nach ihm aus. »Ich hab dich einfach nur vermisst letzte Nacht. Das war alles.«

Und schon stand er. »Weißt du was. Wir sehen uns jetzt am besten mal eine Woche nicht. Wirklich. Lass uns in einer Woche wieder sprechen.« Mit diesen Worten verschwand er im Dunkeln.

Es fühlte sich an wie ein Déjà-vu. Nur dass es letztes Mal *a couple of days* gewesen waren. Ich beschloss, es diesmal anders zu machen. Ich zog mich aus und legte mich unter die Bettdecke. Ob hier letzte Nacht eine andere Frau gelegen hatte? Würde ich Haare auf dem Kopfkissen finden, wenn ich das Licht anmachte und nachsah? Oder fanden alle sexuellen Aktivitäten in diesem Haus während meiner Abwesenheit ein Stockwerk weiter oben statt?

Ich lag ziemlich lange allein im Dunkeln. Ich begann schon in Erwägung zu ziehen, dass Tom ausgegangen war. Hatte er seine Schuhe angezogen? Ich stand auf. Seine Schuhe standen vor seinem Schrank. Ich versuchte zu horchen, ob von irgendwo her ein Geräusch zu hören war. Aber nichts. Ich wickelte mir ein Handtuch um und ging nach unten. Ich wollte auf die Toilette. Oder die Hände waschen. Oder mein Gesicht im Spiegel sehen in der Hoffnung, dass in diesem vertrauten Anblick irgendein Trost liegen würde. Die Tür war abgesperrt. Von innen war das Geräusch von laufendem Wasser zu hören. Da also steckte er. Er duschte.

Als er schließlich wieder hochkam, schien er nicht einmal überrascht darüber, mich in seinem Bett zu finden. Wir hatten Sex, anders als sonst, aggressiver, aber wenigstens war es ein Dialog.

Es war noch dunkel, als ich aufwachte. Meine Gedanken rasten, ich war sofort hellwach. Was war letzte Nacht geschehen, wie hatte es so aus dem Ruder laufen können?

Ich stand leise auf, sammelte meine Kleider zusammen, zog mich im Flur an und ging runter in Claudius' Studio, wo ich im Dunkeln nach einem Blatt Papier und einem Stift suchte. Ich wollte nicht gehen, ohne eine Nachricht zu hinterlassen, und ich wollte auf der Stelle gehen, aber was sollte ich schreiben? »Dear Tom«, begann ich. Wenigstens der Anfang war klar. »Ich schwöre, dass ich ohne die Absicht zu dir gekommen bin, ein Problemgespräch zu führen. Ich weiß wirklich nicht, wie es dazu gekommen ist, dass ein –« Ich brach ab, zerriss das Papier und stopfte die Schnipsel in meine Tasche. Dann riss ich einen kleinen gelben Post-it-Zettel vom Block ab. Dieses Mal schrieb ich: »Dear Tom, I love you but something's got to change.« Ich ging wieder hinauf und klebte den Zettel auf seinen Tisch. Dann lief ich leise wieder nach unten und nahm den Fahrstuhl.

Ich musste ein Interview machen an diesem Tag, aber ich konnte mich schwer konzentrieren. Mein Kopf tat weh, und meine Gedanken kreisten um das, was in der Nacht gesagt worden war. Ich schrieb ihm eine E-Mail, dass ich nicht ganz verstanden hätte, was letzte Nacht passiert sei und warum. Drei Tage später kam seine Antwortmail. »Harte Zeit gerade, aber hat nichts mit dir zu tun. Wir sprechen bald.« Ich rief ihn an, aber er ging nicht dran.

Am Morgen darauf kam eine etwas längere Mail. Bei seiner Mutter sei Hirntumor diagnostiziert worden. »*Ziemlich viel* Hirntumor, um genau zu sein, was auch immer das bedeutet.« Er würde für eine Weile nach New York gehen, vielleicht würden wir uns vorher noch mal sehen.

Und das war der Moment, in dem ich endlich weinte.

TEIL ZWEI

ICH WOHNE IM vierten Stock eines Mietshauses aus dem frühen 19. Jahrhundert. Wenn man zur Wohnungstür hineinkommt, steht man im Flur, der groß ist wie ein Zimmer, allerdings ohne Fenster, was ihn, wenn man kein Licht anmacht, zu einer relativ traurigen Angelegenheit macht. Mein Kleiderschrank befindet sich darin und noch ein Schrank für Schuhe, der doppelt so groß sein könnte und immer noch zu klein wäre. An der Wand steht eine Kommode, in der ich alles Mögliche aufbewahre, von dem ich nicht weiß, wo ich es sonst hintun soll – Sonnenbrillen, Kellerschlüssel, Taschen, die ich gerade nicht benutze, CDs, die ich nicht höre, Kram. Auf der Kommode steht meine Stereoanlage. Anfangs hatte ich in diesem Raum auch einen Schreibtisch, aber irgendwann bin ich zum Arbeiten ins Esszimmer umgezogen, wo ich nun am Kopfende meines langen schmalen Holztischs sitze, wenn ich schreibe. Oft ist die gesamte Tischplatte unter Zeitungen, Papieren, Büchern und dem Inhalt meiner Handtasche begraben, die ich hin und wieder entleere, um zu viele andere Dinge hineinzutun.

Um den Tisch herum stehen acht Stühle, deren Sitze und Rücklehnen aus geflochtenem Korb sind. Sie stammen aus den fünfziger Jahren, glaube ich, jedenfalls haben sie diese spindligen schwarzen Metallbeine, die aussehen wie von einem Insekt. Das Esszimmer geht ins Wohnzimmer über, eigentlich ist es ein großer Raum, der auch die Küche beherbergt, die vom Wohnbereich durch eine schmale, vielleicht ein Drittel des

Raumes durchmessende Wand abgetrennt ist. Über die Jahre muss ich mich an ihren Anblick gewöhnt haben. Ich sehe den Staubsauger gar nicht, der immer offen darin herumsteht. Oder wie zusammengewürfelt und bunt alles aussieht, weil alle Regale offen sind. Nur wenn ich Gäste erwarte und meine Wohnung auf einmal mit ihren Augen sehe, schäme ich mich ein bisschen dafür, immer noch keine ordentliche Küche zu haben

Die Rückseite des Raumes ist bis an die Decke von einem Bücherregal bedeckt. Davor steht mein Sofa (hellblau), auf dessen Sitzpolster eine dicke Wolldecke liegt (weiß mit dunkelblauen Ornamenten), die ich meinen Eltern abgeschwatzt habe, als ich auszog. Die Kissen darauf, alle unterschiedlich gemustert, kommen aus Ungarn und aus Marokko. Aus Frankreich stammt der runde Korbsessel, dessen Sitz aus trichterförmig in der Mitte zusammenlaufenden Stäben besteht. Der schwarz-weiße Teppich kommt aus Rajasthan. Die Grafik an der Wand habe ich aus einem Vintage-Laden auf der Lower East Side. Die große bauchige Keramikvase stammt aus Amsterdam. Ihr Sockel ist hellblau lackiert, der Rest weiß. Oft steckt eine einzelne Blume darin, aber sie sieht auch leer schön aus.

Einer der Gründe, warum ich mich damals für diese Wohnung entschieden habe, ist, dass das Badezimmer direkt vom Schlafzimmer aus zu betreten ist. Ich fand, das hatte etwas von einem Hotel, und irgendetwas daran gefiel mir, vermutlich die Idee von Vorläufigkeit. Mein Bett ist groß, harte Matratze Bettwäsche rosa oder blau kariert. Ich lag noch darin, als ich Toms E-Mail las. Ich las sie auf meinem Telefon. Ich las sie mindestens zehnmal hintereinander. Dann las ich sie noch einmal.

Angst beginnt als Körperempfindung im Magen und bewegt sich von dort aus weiter nach oben. Traurigkeit beginnt im Brustkorb und bewegt sich ebenfalls aufwärts, durch den Hals bis hin zu den Augen, wo wir Tränen austreten sehen.

Ich rief eine Freundin an, deren Mutter an Krebs gestorben war und die selbst Krebs gehabt hatte. Sie hat diese kühle Mitleidlosigkeit, was Krankheiten angeht, die nur Menschen mit persönlicher Erfahrung haben. Sie fragte nach Details, mit denen ich jedoch nicht dienen konnte, sagte, dass Hirntumor so gut wie nie heilbar sei, und wog dann nüchtern die Vor- und Nachteile eines raschen Todes beziehungsweise einer längeren Lebenserwartung für Toms Mutter ab. »Für ihn wäre es am besten, sie stirbt entweder schnell oder hat noch zwei Jahre«, sagte sie. »Alles dazwischen wäre Folter. Er würde sich immer am falschen Ort fühlen. Seine Eltern leben doch in New York, oder? Und sich mehr als einmal zu verabschieden ist schrecklich, glaub mir, und zwar für alle Beteiligten.« Als sie mich zu verzweifelt klingend fand, wurde sie streng. »Wenn du wissen willst, was Tom jetzt hilft, dann versuch, stark zu sein. Es ist nicht deine Mutter, und es ist nicht dein Schmerz. Du kannst natürlich Mitgefühl haben oder auch traurig für ihn sein, aber leide jetzt nicht so sehr mit. Das ist das Letzte, was jemand brauchen kann, der gerade erfahren hat, dass seine Mutter Krebs hat.«

Sie hatte recht. Es war nicht meine Mutter, und es war nicht mein Schmerz. Aber das löste nicht den Druck in meinem Bauch, und mein Brustkorb schien weiterhin so eng, dass ich mich fühlte wie hundert Meter unter Wasser.

Ich sah ihn am Vorabend seiner Abreise nach New York. Er hatte vorgeschlagen, sich auf der Party einer Galerie zu treffen, bei der er vorbeischauen wollte, weil er, wie er mir am Telefon sagte, nicht die Absicht habe, irgendwo still in einer Ecke zu sitzen und über das Sterben seiner Mutter zu reden. So hatte er sich ausgedrückt. Er hatte gefasst geklungen, aber ich hatte keine Ahnung, in was für einem Zustand er in Wahrheit war. Erwartete er von mir, dass ich ihn ablenkte? Wäre er total zugekokst oder betrunken? Ich war schrecklich nervös, aber natürlich ging ich hin.

Vor dem Eingang traf ich eine Bekannte und konnte keinen einzigen Satz, den sie sagte, verstehen. Es waren so viele Leute da, dass das Treppenhaus überflutet war von Gästen, die auf den Stufen saßen, und man sich erst mühsam einen Weg um sie herum bahnen musste, um in den ersten Stock zu gelangen, in dem sich die Galerie befand. Oben, in den hohen, weißen Räumen, war das Licht gedimmt. Lauter Techno kam aus übergroßen Lautsprechern, obwohl es eine Veranstaltung war, der jetzt schon anzusehen war, dass nicht getanzt werden würde. Alle paar Meter stand ein Bildschirm, über den Videos flackerten. Offenbar die ausgestellte Kunst. Nackte Frauen mit blauen Haaren schwebten über neongrüne Wiesen, auf denen Kühe weideten, ab und an schlug mit Comicgeräuschen ein Komet ein. Meine Bekannte besorgte sich etwas zu trinken, und dann schlenderten wir zusammen durch die Galerieräume. Ich nahm alles nur wie durch einen Nebel wahr, und meine Bekannte, die gar nicht zu bemerken schien, in welcher Verfassung ich war, sprach endlos über wirklich unwichtige Dinge. Von Tom keine Spur.

Nach etwa einer Stunde hielt ich es nicht mehr aus. Nicht

die Leute, nicht die Videos, nicht den Lärm. Ich verabschiedete mich von meiner ahnungslosen Bekannten und flüchtete aus der Galerie.

Ich hatte fast die unterste Treppenstufe erreicht, als ich Tom sah. Er kam gerade zur Eingangstür herein. Er sah fürchterlich aus. Dunkle Schatten unter den Augen, seine Wangen schienen ausgehöhlt. Er trug denselben Anzug, den er in Frankreich getragen hatte, aber jetzt sah er darin kein bisschen blendend aus, sondern wie jemand in tiefer Trauer. Sein Aussehen hatte sich so sehr verändert, dass es Jahre her zu sein schien, seit ich ihn zuletzt gesehen hatte – dabei waren es nur vier Tage.

Als er mich sah, lächelte er und zwinkerte mir aufmunternd zu. Als wäre ich es, die Trost brauchte, nicht er.

Wir gingen in den Hof, um der Menge und dem Lärm zu entkommen. Derselbe Hof, auf dessen kurzer Treppe wir uns im Sommer vor einem Jahr versammelt hatten, an Anikos Geburtstag, als Tom noch mit der anderen Jessica zusammen war und ich jemanden anlachte, der nicht mit auf dem Bild war. Es schien so lange her, fast wie ein anderes Leben.

Außer uns war niemand dort. Ein paar Sonnenschirme waren sinnlos in der Dunkelheit aufgespannt. Von innen fiel Licht durch die Fenster, und entfernt war das tiefe Dröhnen von Bässen zu hören. Wir gingen in die Mitte des Hofs und stellten uns neben einen Tisch. Es war kalt, und ich war froh, einen Mantel anzuhaben, aber Tom schien nicht zu frieren. »Ah«, seufzte er, nachdem ich ihn umarmt hatte (von nahem roch er nach Alkohol), »was für eine beschissene Woche.« Er hielt sich mit einer Hand an der Stange eines Sonnenschirms fest.

Natürlich sprach er von nichts anderem. Seine Eltern hatten ihn vor zwei Tagen angerufen. Es war ihnen endlich gelungen, einen dieser Anrufe zu tätigen, bei denen mehr als zwei Personen sprechen und mithören können. Er schien gerührt bei dem Gedanken, wie sie das wohl bewerkstelligt hatten. Seine Mutter hatte offenbar seit einiger Zeit leichte Probleme mit der Orientierung. Das sei ihr selbst aufgefallen, und sie hatte sich untersuchen lassen. Einen Tag nachdem sie die Diagnose erhalten hatte, hatten sie ihn angerufen. Und seither waren zwei Tage vergangen, in denen Tom es irgendwie hinbekommen hatte, seinem normalen Alltag nachzugehen. Er sei im Büro gewesen, habe sogar die Steuererklärung gemacht.

»Morgen Nachmittag werde ich endlich bei ihr sein.« Er zählte auf, was daran gut war, dass er eine Weile in New York sein würde – so wie er immer in allem das Gute sah, nur wirkte es diesmal so wenig überzeugend, dass es einem das Herz brach. Er könne für seine Eltern kochen, das habe er noch nie getan. Es gäbe irgendein Sommer-Programm für junge Musiker, zu dem auch Freunde aus München anreisen würden. »Und ich kann meine ganze Schmutzwäsche mitnehmen und sie einfach bei meinen Eltern in die Waschmaschine stecken.«

»Ja, also das ist wirklich ein sehr positiver Aspekt«, sagte ich, und wir lächelten beide unsere Schuhe an.

Er fragte nach meiner Arbeit. Er schien ernsthaft interessiert, also erzählte ich ihm alles, was mir einfiel, und als ich fertig war, fragte er weiter nach Details. Ich erzählte ihm sogar, dass unsere Sekretärin Geburtstag gehabt hatte und wir ihr einen Strauß Rosen geschenkt hatten. Ich hätte alles getan, um ihn ein wenig abzulenken. Aber da war nicht viel, was ich tun konnte. Seine Mutter würde sterben, und er war immer noch Tausende Kilometer von ihr entfernt, an einem vollkommen verkehrten Ort, und hielt sich mitten in der Nacht an einem Sonnenschirm fest.

»Sag ehrlich, kennst du irgendjemanden, der seine Mutter so liebt wie ich?«, fragte er. Ich schüttelte den Kopf.

»Tut mir leid, dass du sie nicht kennengelernt hast.«

»Ich lerne sie ein andermal kennen«, sagte ich möglichst leicht. Er küsste mich zweimal auf den Mund, aber wie automatisch. Einmal nahm er eine Haarsträhne von mir und strich mir damit mehrmals in nervösem Zickzack übers Gesicht. Ich fragte ihn, ob er Kokain genommen hatte.

»Ja, aber ich habe nichts mehr und ich will auch nichts mehr nehmen.«

Ich glaubte ihm nicht.

»Ich war doch immer so ein Glückskind«, sagte er. »Ich hatte wirklich mein ganzes Leben lang so viel Glück. Immer nur Glück. Und jetzt das. Jetzt das.« Ich dachte an seine ersten dreizehn Jahre, sagte aber nichts. Dann entschuldigte er sich, um auf die Toilette zu gehen. Erst als er weg war, merkte ich, wie erschöpft ich war.

Er war ein paar Minuten fort. Als er zurückkam, wirkte er ernster und trauriger als zuvor. Er sah mir ein paar Sekunden in die Augen. »Jessica.« Er ließ eine Pause folgen, die so lang war, dass ich einen Schreck bekam. »Lass mich«, sagte er dann. »Lass mich. Ich ruf dich morgen an.« Mit diesen Worten drehte er sich um, eilte in großen Schritten durch den Hof, nahm die Treppenstufen in zwei Sätzen und verschwand durch die Tür. Ich blieb noch kurz stehen, dann ging auch ich. Und obwohl ich langsam ging, sah ich noch, als ich ins Gebäude trat, wie er gerade die Treppe nach oben lief, dorthin, wo die Party war.

Erst viel später sollte ich erfahren, dass er dort jemanden traf, nachdem ich weg war, oben im zweiten Stock. Der Besitzer der Galerie erzählte es mir. »Warum bist du eigentlich so früh gegangen, ich hab dich dann gar nicht mehr gesehen«, sagte er. »Aber Tom war noch da. Tom und wie heißt noch mal seine Exfreundin? Die Geigerin, dunkle Haare, so 'ne Stille, wie heißt die noch mal?«

Zu Hause setzte ich mich vor meinen Computer, aber googeln machte die Sache nicht besser. Es schien oft vorzukommen, dass der Tod eines Elternteils zur Trennung von Paaren führte. Und das waren zum Teil Paare, die jahrelang zusammen oder sogar verheiratet waren. Ich las etliche Beiträge von ratsuchenden Menschen, deren Partner sich von ihnen entfernt hatten, weil ihr Vater oder ihre Mutter an Krebs erkrankt war. Die Reaktionen lasen sich so: »Ich glaube nicht, dass er dich wegstößt, er versucht einfach nur, mit dem Zustand seines Vaters zurande zu kommen.« Oder: »Es klingt, als hätte er gerade eine harte Zeit, mit allem fertig zu werden, und ich glaube das Beste, was du tun kannst, ist ihm viel Raum zu geben. Sei einfach für ihn da, wenn er dich braucht.« Oder: »Offensichtlich hast du nie erlebt, wie es ist, wenn ein geliebter Mensch gegen den Krebs kämpft, es ist so verdammt hart. Bedränge ihn nicht. Als meine Mutter Krebs bekam, blieb für mich die Welt stehen. Nichts war so wichtig für mich, wie mit meiner Mutter Zeit zu verbringen und für sie da zu sein. Ich hoffe, du wirst diese Art von Schmerz niemals erleben müssen – es reißt dir die Eingeweide, das Herz und die Seele raus.«

Natürlich googelte ich auch Hirntumor. Nichts, was ich las, gab Anlass zu Hoffnung.

Die erste Textnachricht aus New York klang relativ munter. Er sei gut angekommen, schrieb er. Und: »Alles wird gut.«

Ein paar Tage später kam die nächste Nachricht. Aus ihr sprach hoffnungslose Verzweiflung. Seine Mutter habe in der Zwischenzeit ihr Kurzzeitgedächtnis verloren und sei nicht mehr in der Lage, die einfachsten Dinge alleine zu tun. Sein Vater, der um einiges älter war, wirke ziemlich verwirrt. Er, Tom, müsse nun den Elternpart für seine Eltern übernehmen, die sich benähmen wie süße Sechsjährige. Angefügt war ein Foto, das mindestens zwanzig Pillen in einzelnen Fächern einer Plastikbox zeigte, auf denen Uhrzeiten standen.

Ich vermisste ihn. Mein Körper vermisste ihn. Ich vermisste seine kleinen Geräusche, vermisste es, neben ihm zu schlafen, vermisste unseren Sex. Nach zwölf Tagen, von denen ich nichts in Erinnerung habe, hielt ich es nicht mehr aus. Ich organisierte mir ein Interview mit einem aufstrebenden Architekten-Star, einem Chilenen, dessen Büro seinen Hauptsitz in New York hatte. Ein Freund bot mir an, dass ich bei ihm wohnen könne. Ich buchte einen Flug. Zwei Tage später landete ich am JFK. Ich hatte Tom nicht gesagt, dass ich kommen würde. Einmal hatten wir telefoniert. Daher wusste ich, dass er tagsüber ständig im Krankenhaus war, dass er vollkommen erschöpft war, nachts nicht schlafen konnte, dafür tagsüber zu unmöglichen Uhrzeiten in Kurzschlaf verfiel. Die Ärzte gaben seiner Mutter noch etwa siebzehn Monate. Aber der Tumor in ihrem Kopf wuchs offenbar in alarmierender Geschwindigkeit.

Aus der Wohnung meines Freundes schrieb ich ihm, dass ich in der Stadt sei. Er antwortete, dass er mich gerne am Abend sehen würde. Danach hörte ich nichts mehr von ihm. Ab zehn Uhr abends begann ich sinnlos in SoHo auf und ab zu laufen, um wach zu bleiben. Die Straßen waren leer, die hell erleuchteten Schaufenster priesen unbeachtet Chanel-Accessoires, American-Apparel-Unterhosen oder die neueste Sorte einer Espressomarke an. Ich lief an dem Haus vorbei, in dem Nicolas und ich einmal drei heiße Sommermonate lang gewohnt hatten. Es war nur noch eine undeutliche Erinnerung.

Kurz nach Mitternacht kehrte ich in die Wohnung meines Freundes zurück. Ich hatte Tom mehrmals angerufen, aber er war nicht drangegangen. Ich legte mich in meinem kleinen Gästezimmer ins Bett und schlief erschöpft ein.

Als ich aufwachte, hatte ich eine Nachricht von ihm. Er sei versehentlich auf dem Bett seiner Eltern eingeschlafen, sie beide darin in Pyjamas, er angezogen. »Sorry, sorry, sorry«, schrieb er, ob wir es diesen Abend noch mal versuchen könnten? Am besten wäre es, ich käme zu ihm, und dann würden wir weitersehen.

Um acht stand ich vor der angegebenen Adresse. Ein frei stehendes, schmales, ziegelrotes Townhouse in einer Straße im West Village, die so ruhig und verschlafen war, dass das Free-WiFi-Café schräg gegenüber wie ein Fehler wirkte. Genau als ich davorstand, lief Patti Smith vorbei. Sie hatte einen kleinen Hund auf dem Arm, der keine Haare hatte, dafür riesige abstehende Ohren.

»Bachner Natanson & Natanson« stand auf dem Messingschildchen neben der Tür. Ich klingelte. Nach einer Weile öffnete Tom die Tür. Er war am Telefon. Er machte mir ein Zeichen, dass es noch dauern würde, es ging um medizinische Details, offenbar holte er gerade eine Zweit- oder Drittmeinung ein, aber ich hörte nicht zu, sondern sah ihn nur an. Zum ersten Mal erlebte ich ihn in seiner Heimat. Wirkte er jetzt wie ein New Yorker auf mich? Er sah auf jeden Fall nicht mehr so elend aus wie zuletzt. Als er sein Telefon endlich wegsteckte und mich in die Arme nahm, roch er genauso, wie ich es vermisst hatte.

»Welcome to my home.«

Im Entree duftete es nach einer Mischung aus Zigarettenrauch und Jasmin. Von der Decke hing ein Calder-Mobile. Es war ein kleines und nicht bunt, wie das in Südfrankreich gewesen war, sondern schwarz. Die Holzplättchen sahen alt und schon etwas mitgenommen aus. Die Wände waren in einem warmen Dunkelrot lackiert und hingen voll mit gerahmten oder auf Pappe gezogenen Konzert-Plakaten. In dem Jahr, in dem Tom geboren war, hatte sein Vater in der Carnegie Hall einen Bach-Solo-Abend gegeben. Am Fuß der Treppe hing eine mit Widmung versehene Zeichnung eines Orchesters mit Pianisten von Sempé. Ich wollte Tom gerade fragen, ob der Mann am Flügel sein Vater sein sollte, als man von oben eine Stimme und Schritte hörte und ein müde aussehender Airedaleterrier die Treppe heruntertapste, gefolgt von einem weißhaarigen Mann, der sogar noch müder aussah als der Hund.

»Dad, that's Jessica. From Munich. We've been to Auschwitz together. Jessica – my dad.«

»Oh yes«, sagte Toms Vater, »that was a peculiar destination choice.«

Er streckte mir die Hand entgegen und schüttelte meine kurz und fest. Das einzig Runde in seinem scharfgeschnittenen Gesicht waren die Tränensäcke, die unter seinen wässrig blauen Augen lagen wie aufgepolsterte Airbags. Er trug ein blau-weiß gestreiftes Hemd zur dunklen Hose, und in seinem

Auftreten lag etwas Autoritäres, beinahe Aristokratisches, das mich etwas einschüchterte. »Hast du dein Telefon eingesteckt?« Tom sprach lauter als gewöhnlich. Der Vater nickte und nahm sich eine Windjacke von der Garderobe. »Sicher?«

»Ja«, sagte der Vater.

»Gut.«

Der Vater schlüpfte in die Jacke und zog eine Hundeleine aus einer der Taschen. »Komm, ich mach das«, sagte Tom, bevor sein Vater sich bücken konnte, nahm ihm die Leine ab und befestigte sie am Hundehalsband. Er richtete sich wieder auf und legte seinem Vater eine Hand auf die Schulter. »Warte bitte kurz. Warte, ja? Noch nicht losgehen. Ich bin gleich wieder da.« Sein letzter Satz hatte uns beiden gegolten. Er lief die Treppe hoch, immer zwei Stufen auf einmal nehmend, und ich stellte mir vor, wie er dieselben Stufen als kleiner Junge schon hinaufgestürmt war, ganz genau so.

Der Vater stand in der Mitte des Flurs, den Hund an der Leine, und bewegte sich nicht. Einmal nickte er mir freundlich zu, machte aber nicht den Anschein, als wolle er etwas sagen. Ich wusste auch nicht, was ich sagen könnte, weshalb ich einfach nur lächelte und so tat, als sähe ich mir die Plakate an. Der Vater stand wie ein Denkmal mit seinem Hund, der sich inzwischen zu seinen Füßen gelegt hatte und die Tür nicht aus den Augen ließ. Mir fiel ein, dass ich fragen könnte, wie der Hund hieß, obwohl ich es mir gemerkt hatte, Kramer (ich wusste sogar noch den Namen seines Vorgängers, Max), aber ich war mir unsicher, in welcher Lautstärke ich sprechen müsste, deshalb ließ ich es bleiben.

Irgendwann kam Tom zurück. »Sorry guys.« Er hielt ein in Papier eingeschlagenes Päckchen in der Hand, das er seinem

Vater gab. »Wilma sagt, dass ich dich daran erinnern soll, dass der Tierarzt tierische Fette ausdrücklich verboten hat, also beides nur für dich bitte: einmal mit Foie Gras, einmal mit Erdnussbutter.« Der Vater ließ das Päckchen in seiner Manteltasche verschwinden und räusperte sich trocken, woraufhin sich der Hund erhob. Dann wünschte er uns beiden fast förmlich einen guten Abend und ging.

»Seit das mit meiner Mutter ist, geht er ständig spazieren«, sagte Tom, nachdem er die Tür zugezogen hatte. »Ich meine, richtige Gewaltmärsche.« Er zündete sich eine Zigarette an. »Es kann sein, dass er erst in vier Stunden zurückkommt. Ich habe keine Ahnung, wohin er geht, einmal kam er zurück und hatte total verdreckte Schuhe, richtig matschig, dabei hat es nicht geregnet. Ich hab ihn gefragt, wo er hingeht, er sagt es nicht. Ich hab schon überlegt, ob ich ihm hinterhergehen soll, ohne dass er es merkt. Oder einen Detektiv engagieren. Er hat eine künstliche Hüfte, er hat ein kaputtes Knie, er sollte eigentlich überhaupt nicht so viel laufen.« Er machte eine kurze Pause. »Aber für den Hund ist es natürlich toll.«

»Und wie geht's deiner Mutter?«

»Lass uns nachsehen.«

Er nahm meine Hand und führte mich die Treppe hinauf in den ersten Stock. Überall waren Blumen. Auf Regalen, Stühlen, sogar auf dem Boden standen Vasen oder Gefäße, die als Vase dienten, in manchen steckten verschiedene Sträuße zusammen. Es sah aus wie in einem Blumenladen. Es roch auch so.

»Das ist es, was Menschen tun, wenn sie nicht wissen, was sie sonst tun könnten: Sie verschicken Blumen«, sagte Tom. »Was tausendmal besser ist als Essen liefern lassen. Du glaubst nicht, wie viel Essen wir weggeschmissen haben in den letzten Tagen und Wochen. Dabei haben wir ja Wilma. Ich muss jetzt allerdings jemanden einstellen, der Wilma zur Hand geht. Es wird alles zu viel. Sie ist ja auch schon fast siebzig. Alleine die ganzen Besuche zu organisieren, wann wer kommt, zu zweit schaffen wir das nicht mehr. Es ist wirklich überwältigend. Ich meine, es ist schön zu sehen, wie viele Freunde meine Mutter hat, aber … Entschuldige …« Das Telefon in seiner Hand hatte schon eine ganze Weile geklingelt, nun ging er dran. Irgendjemand sagte offenbar, dass er oder sie sich verspäten würde, und Tom reagierte unerwartet schroff. Nachdem er aufgelegt hatte, entschuldigte er sich bei mir für seinen Ton.

»Schau, hier, mein Kinderzimmer«, sagte er, aber die Tür, an der wir vorbeiliefen, war nur einen Spalt breit geöffnet, und alles, was ich sehen konnte, war ein großer Schreibtisch mit einem geöffneten Laptop darauf.

Vor der nächsten Tür blieb er stehen. Er klopfte leise und zog sie einen Spalt auf. »Mom?« Die Vorhänge waren zugezogen, das Licht im Raum war sanft gedämpft. Über dem Bett hing ein großes Bild, das aussah wie von Cy Twombly – viel Weiß mit bunten Farbspritzern. Das Bett selbst war ausgestattet wie ein Hotelbett. Kingsize mit extrahoher Matratze, gepolsteter Rückenlehne, mehreren Reihen Kissen und einer Bettdecke, die bis auf den Boden reichte. Toms Mutter, Jill Bachner Natanson, sah ganz klein darin aus. Sie lag auf dem Rücken, genau in der Mitte, die Augen geschlossen, ihre schönen Haare breiteten sich wie hingegossen zu beiden Seiten ihres Kopfes aus. Tom ließ seine halb gerauchte Zigarette in eine der Vasen fallen und ging zu ihr. Der helle Teppichboden schluckte seine Schritte.

»Mom?«, sagte er leise. Sie bewegte sich nicht. Er nahm das Buch von ihrem Kissen und legte es aufgeschlagen auf den Nachttisch. Es stand eine Karaffe mit Wasser darauf, und er füllte ihr Glas nach. Er zog die Decke für sie zurecht und stand einen Moment einfach nur da und sah sie an. Dann beugte er sich zu ihr und küsste sie sanft auf die Stirn. »I love you, mom.« Er sagte es zweimal. Er flüsterte, aber ich hörte ihn. Bevor er die Schlafzimmertür hinter sich zuzog, sah er sich noch mal nach ihr um, aber sie schien fest zu schlafen, sie hatte sich nicht bewegt.

Etwas später saßen wir bei einem kleinen Italiener ein paar Straßen weiter. Vor uns auf dem Tisch lagen drei Telefone, von denen immer wieder mal eines vibrierte, aber es schien nie etwas Dringendes zu sein. Tom kannte die Speisekarte auswendig und bestellte für uns beide. Zu trinken Gin Tonics. Als ich zum zweiten Schluck ansetzte, war sein Glas bereits leer, und er winkte dem Kellner. Er wirkte unendlich müde, aber entschlossen, stark zu sein. Er wirkte tapfer.

Er erzählte mir von seinen letzten Tagen, und obwohl nicht viel Gutes passiert war, gelang es ihm, optimistisch zu wirken und jeden noch so kleinen Aspekt herauszustreichen, der als komisch oder rührend durchgehen konnte. Gut, seine Eltern waren vielleicht nicht mehr die Eltern, die er sein ganzes Leben gekannt hatte, sondern zwei gebrechliche ältere Menschen, die Krankheit und Tod entgegensahen. Aber war es nicht eigentlich sehr süß, dass seine Mutter ihm ständig dieselben E-Mails vorlas und sie jedes Mal wieder für neu hielt? Und war es nicht rührend, wie sehr sie auf einmal wieder aneinander hingen, sogar buchstäblich. »Ich habe meinen Vater noch nie so weich und liebevoll erlebt.«

Er erzählte mir, dass er früher oft in dieses Restaurant gegangen sei, um Besteck zu klauen. Ob ich seine Besteckssammlung in München nie bemerkt hätte? Ihm würden nur noch Salatgabeln fehlen. Ich stand auf, ging zum Nachbartisch, der eingedeckt, aber unbesetzt war, nahm in voller Sichtweite der Kellner und anderen Gäste alle vier Salatgabeln und steckte sie in meine Tasche. Dann setzte ich mich wieder auf meinen Platz. Tom schien beeindruckt von meiner Chuzpe. Ich hätte an diesem Abend alles für ihn getan.

Ich hatte angenommen, dass er nach dem Essen wieder zu sich gehen würde, um bei seinen Eltern zu sein. Doch nachdem er bezahlt hatte, fragte er, ob er mit zu mir kommen könne. Er rief nur kurz Wilma an, um zu fragen, ob sein Vater wieder aufgetaucht sei, und das war er. Wir liefen den ganzen Weg zu Fuß, er schwankte ein wenig, und ich hängte mich bei ihm ein, um ihm Halt zu geben.

Mein Gastgeber schlief schon, und wir zogen uns leise in mein Gästezimmer zurück. Durch das Bullaugenfenster über dem Bett fiel Mondlicht. Tom begann, mich auszuziehen. Ich hatte das Gefühl, dass er mich trank in dieser Nacht, er schien so durstig nach etwas, vielleicht nach Leben. Irgendwann war er über mir und strich mir mit beiden Händen die Haare aus dem Gesicht, um mir in die Augen zu sehen. Und als ich in seine sah, war die Traurigkeit darin größer als je zuvor.

Ich traf ihn nicht noch einmal während meines Aufenthaltes in New York. Wir texteten hin und her, aber er fand keine Zeit Ich machte mein Interview mit dem chilenischen Architekten, der sich als charmantes Großmaul entpuppte. Das Wochenende verbrachte ich mit Freunden in deren Haus in Montauk. Wir pflanzten Farne und ernteten Radieschen und Kirschtomaten aus ihrem Gemüsegarten. Wir gingen in die Sauna, aber ihre war nicht halb so *sophisticated* wie die in Claudius' Hof, sondern ganz normal rechteckig und aus Holz. Und wir kauften einen Baum. Er wurde nicht geliefert, während ich noch dort war, was ich schade fand. Ich hätte gerne gesehen, wie er an die Stelle gepflanzt worden wäre, an der er dann bis ans Ende seiner Tage stehen und wachsen würde.

Als ich wieder zurückflog, war ich glücklich, dass ich gekommen war und Tom gesehen hatte, wenn auch nur für eine intensive Nacht.

Zurück in München, begann ich eine neue Therapie. Ich hatte meine alte vor Monaten beendet, weil ich nach einem Jahr Unglücklichsein zu dem Schluss gekommen war, dass sie mir offenbar nicht half. Die neue Therapeutin war mir von einer Freundin empfohlen worden, die schwor, sie habe ihre Ehe gerettet. Ihre Praxis war in der Innenstadt, in der Nähe des Stadtmuseums, im vierten Stock eines heruntergekommenen Mietshauses, in dessen Treppenhaus es nach Gebratenem roch. Als ich klopfte, fing hinter der Tür ein Hund an zu bellen. Eine Frauenstimme rief »Moment«, dann hörte ich ein Trampeln, als renne jemand hin und her. Das Hundebellen verstummte, und einen Moment später öffnete mir eine kleine rothaarige Frau. »Sie sind nicht gegen Hundehaare allergisch, oder? Ich muss das fragen. Ich habe einen Hund. Kommen Sie herein.« Sie hatte ein breites Lachen, roten Lippenstift, der Spuren auf ihren Zähnen hinterlassen hatte, und trug ein kurzes, unter dem Busen gerafftes grünes Kleid.

Ich trat ein. Ihre Praxis war ein mittelgroßer Raum mit niedriger Decke, mehreren, zum Teil übereinanderliegenden Teppichen und unterschiedlichen Sitzgelegenheiten, die alle mit dicken Kissen belegt waren. Efeuflechten hingen außen wie ein Vorhang vorm Fenster und ließen nur wenig Licht herein. An der rechten Wand stand ein in die Jahre gekommenes Sofa, auf dem ein kleiner rötlich blonder Hund mit spitzem Gesicht saß, der mich mit aufgestellten Ohren ansah.

»Das ist Sigi«, sagte die Frau mit Blick zu ihm. »So ist es fein, Sigi. Schön sitz.«

In der Mitte des Raums stand eine mannshohe Schreibtafel. Sie war offenbar frisch gewischt, das Grün glänzte nass. »Setzen Sie sich«, sagte die Frau und deutete in einer einladenden Geste in den Raum. Ich entschied mich für einen cognacbraunen Samtsessel. Der Sitz war so weich, dass er unter meinem Gewicht nachgab und schnell meine Körperwärme annahm.

Die Therapeutin setzte sich mir gegenüber aufs Sofa, und zwar in den Schneidersitz, wobei sich ihr Kleid um ein gutes Stück nach oben schob und einen Blick auf ihre Unterhose freigab. Sie war rot mit weißen Punkten. Der Hund legte sich so hin, dass seine Schnauze auf ihrem Oberschenkel zu ruhen kam, und ließ mich nicht aus den Augen. »Was führt Sie zu mir?«, fragte sie. Nachdem ich meinen Bericht abgeschlossen hatte, sah sie mich so mitfühlend an, dass ich kurz dachte, sie würde gleich aufstehen, zu mir kommen und mich in den Arm nehmen. »Also, Ihr Freund ist jetzt in New York?«, fragte sie und schien meinen vorsichtigen Einwand, ich wisse nicht, ob er wirklich mein Freund sei, nicht zu hören. »Und er ist Amerikaner?« Ich bestätigte dies. »Amerikaner haben eine ganz andere Bindung an ihre Eltern. Jemand sollte endlich mal ein Buch schreiben über die unterschiedlichen Verhaltensweisen verschiedener Nationalitäten. Ich würde es auf der Stelle kaufen.« Ich sagte ihr, dass Tom schon seit vielen Jahren nicht mehr in Amerika lebte. »Okay, dann vergessen wir, dass er Amerikaner ist«, sagte sie – offenbar eine Therapeutin, die Diskussionen offen gegenüberstand.

Sie fragte mich, was ich mir von einer Beziehung wünsche. Ich sagte ihr, dass ich das selbst nicht so genau wisse. »Wovor haben Sie Angst?« Das immerhin wusste ich. »Verlassen zu werden«, sagte ich. Sie nickte, schob den Hundekopf sanft von ihrem Bein, stand auf und ging zur Tafel. Darauf notierte sie mit Kreide: »Angst, verlassen zu werden«. Minuten später war die Tafel zur Hälfte beschriftet mit einem Diagramm meiner Familie, das bis zur Generation meiner Großeltern zurückreichte. Mein Vater hatte also viel gearbeitet, meine Mutter hatte Schwierigkeiten mit einer Tochter, aber wenn man sich ihre Herkunftsfamilie ansah, sei das ja auch kein Wunder. Ich sagte ihr, dass ich all dies aus vielen Jahren Therapie bereits wisse. Da sie es aber auch wissen musste, fuhren wir erst einmal fort.

Kurz vor Ablauf der sechzig Minuten sah sie mich auf einmal an, als habe sie mir etwas außerordentlich Wundervolles mitzuteilen. »Jetzt werden Sie ein kleines Geschenk von mir bekommen. Sie werden Tom jetzt jede Frage stellen können, die Sie wollen. Und das Beste – er wird sie auch beantworten.« Die letzten Worte sang sie fast. Ich muss sie entgeistert angesehen haben. »Ich bin manchmal auch eine Art Medium«, sagte sie. »Ich werde mich jetzt hinter der Tafel verstecken und mich in Tom verwandeln. Bitte stellen Sie Ihre Fragen direkt an ihn, ich werde mich in ihn einfühlen. Und du, Sigi, bleib schön sitz.« Mit diesen Worten verschwand sie aus meiner Sicht, und ich hörte, wie sie sich hinter der Tafel in den Korbstuhl setzte, den ich beim Hereinkommen gesehen hatte. Eine Pause entstand, in der ich nicht wusste, ob etwas von mir erwartet wurde.

Dann hörte ich ein Stöhnen. Ein tiefes, stimmhaftes Stöhnen, das den Hund kurz aufschrecken ließ. »Oh, ich bin so traurig«, kam es von hinter der Tafel. Der Hund schloss wieder die Augen. »Ich bin so müde. Ich fühle mich, als ob …« Wieder dieses Knistern, gefolgt von ein paar schweren Atemzügen. »Als ob ein schweres Gewicht auf meiner Brust lastet, es ist fast, als …« Kurz dachte ich, sie würde weinen. »Ich bekomme kaum Luft. Oje, ist das bedrückend, ich bin so verzweifelt und traurig.«

Geschenkt, dachte ich. *Natürlich* war Tom traurig.

»Wenn ich an Jessica denke«, fuhr sie fort, womit sie zweifelsfrei mich meinte, da ich ihr noch nichts von der Existenz einer anderen Jessica erzählt hatte, »dann habe ich ein ganz warmes Gefühl. Da ist … Verlangen. Ja, Verlangen. Sie erscheint mir wie eine kleine Fee. Wie eine Fee, genau. Aber … Aber im Moment … im Moment ist sie sehr weit weg. Ich sehe sie nur klein, eine helle Gestalt am Horizont, weil gerade so viel anderes in meinem Leben passiert, traurige Sachen, schwere Sachen. Aber es ist nett, von Zeit zu Zeit an sie zu denken.«

Nach einer kurzen Pause fragte sie mich, ob ich irgendwelche Fragen hätte.

Hatte ich Fragen? »Vielleicht«, sagte ich. »Vielleicht würde ich gerne wissen, ob er mich vermisst.«

»Sie müssen *ihn* das fragen«, korrigierte die Stimme hinter der Tafel und klang leicht genervt.

Es war mir zwar etwas peinlich, aber nun gut. »Vermisst du mich?«, fragte ich.

»Ich würde dich vermissen, wenn ich die Kraft dazu hätte«, lautete die Antwort. Bevor ich mir noch eine bessere Frage überlegen konnte, räusperte sich die Stimme hinter der Tafel, es knisterte, und die Therapeutin tauchte wieder in meinem Blickfeld auf.

»Wow, das war heavy«, sagte sie, eine Hand um ihren Hals. Sie hustete einmal kurz. »Ihr Freund macht gerade eine wirklich harte Zeit durch. Sie müssen ihm viel Freiraum geben.«

»Das tue ich. Und ich weiß nicht, ob er wirklich mein Freund ist.«

»Ach was, natürlich ist er das. Haben Sie nie von der Drei-Monate-Regel gehört? Wie auch immer, die Zeit ist leider um, ich erzähle Ihnen mehr darüber, wenn wir uns das nächste Mal sehen. Apropos, wollen Sie einen neuen Termin ausmachen?« Ich war mir nicht sicher, wie ich das alles einzuschätzen hatte, aber da diese Frau die Ehe meiner Freundin gerettet hatte und ich diese Freundin für komplett zurechnungsfähig hielt, beschloss ich, einen zweiten Versuch zu wagen.

»Sie haben Glück. Jemand hat gerade für nächste Woche den Termin abgesagt, wenn Sie wollen, können Sie den haben. Aber das dürfen Sie niemandem erzählen, es gibt nämlich sehr viele Leute auf der Warteliste.«

Es dauerte ein paar Augenblicke, bis ich begriff, von wem die Textnachricht stammte, die ich bekommen hatte, denn nach unserer Trennung hatte ich Nicolas' Namen in meinem Telefon-Adressverzeichnis in *Arschloch* geändert und seither nie von ihm gehört. Er sei am kommenden Wochenende in München, schrieb er, und ob ich Lust hätte, mit ihm einen Kaffee trinken zu gehen. Ich wollte eigentlich antworten, vergaß es dann aber und war überrascht, als ich ein paar Tage später erneut eine Nachricht von ihm bekam, in der er fragte, ob ich seine Nachricht erhalten habe, und mich wissen ließ, dass er inzwischen in München sei. Normalerweise war er jemand, der sich schnell entmutigen ließ. War ihm plötzlich klar geworden, dass ich die Liebe seines Lebens war? Nicht, dass es mir noch etwas bedeutet hätte, aber was sonst sollte der Grund dafür sein, dass er mich so vehement sehen wollte? Ich schrieb ihm zurück, dass ich ihn gerne treffen würde, allerdings lieber zu einem Abendessen. Ich glaube, ich wollte einen ersten kleinen Sieg.

Er war einverstanden und schlug ein bayerisches Lokal in Schwabing vor. Ich lehnte freundlich ab und schlug stattdessen mein Lieblingsrestaurant vor. Als ich dort ankam und ihn an der Bar sitzen sah, dachte ich sofort, dass es keine gute Idee gewesen war. Er gehörte nicht hierher. Dies war Toms und mein Ort.

Ich tippte ihn an die Schulter. Er drehte sich um und sah mich mit einem kaum wahrnehmbaren Lächeln an. »Bonsoir.« Sein Tonfall war ironisch, als mache er nur jemanden nach, der jemand anderem einen guten Abend wünscht, aber das war sein Humor. Als wir uns küssten – auf die französische Art, einmal rechts, einmal links –, roch ich, dass er immer noch denselben schweren Duft benutzte. Ein bisschen pudrig, für Synästhetiker: violett. Seine Großmutter hatte ihm dieses Parfüm einmal geschenkt, und er kaufte es seither immer nach. »Toujours aussi belle«, sagte er, nachdem er mich von oben bis unten angesehen hatte. Wie immer, wenn er mir auf Französisch ein Kompliment machte, musste ich an diesen Song von Dalida und

Alain Delon denken, in dem er zu ihr sagt, sie sei wie der Wind, der die Geigen zum Singen bringt, und sie zurücksingt, er solle aufhören, das seien doch nichts als *paroles, paroles, paroles*.

Nicolas' Bart war voller, als ich ihn je gesehen hatte. Er stand zu den Seiten hin weg und ließ sein Gesicht breiter aussehen, als es war. Seine Haare sahen ungekämmt aus. Obwohl er seine Brille nicht trug, sah er aus wie ein verrückter Professor. Aber wie immer war er ausgesucht gekleidet. Er hatte ein Hemd mit breitem Kragen an, wie sie angeblich nur in Italien zu finden waren. Einmal hatte ich ihn in den kleinen Laden in einer Seitenstraße der Spanischen Treppe in Rom begleitet, in dem er sich mit ihnen eindeckte. Zwei kleine alte Damen mit grauen Haaren und ernsten Gesichtern hatten ihm ein Modell nach dem anderen gereicht. Um an die oberen Regale heranzukommen, mussten sie lange Greifstöcke zu Hilfe nehmen. Die Hemden steckten in durchsichtigen Plastikhüllen und sahen für mich alle gleich aus, aber Nicolas und die beiden Damen hatten eine große Sache aus Details gemacht, etwa ob im Kragen ein Knopf war oder nicht. Wir hatten einen ganzen Nachmittag in diesem Geschäft verlebt. An diesem Abend trug er ein einfarbig blaues. Seine Jeans waren weiter, als ich es bei seinem Jeansgeschmack für möglich gehalten hätte. Und er trug Turnschuhe, für die ich ihn zu alt fand. Erst jetzt fiel mir auf, dass ich Tom nie hatte Turnschuhe tragen sehen. Und auch keine Jeans.

Ich fragte einen der Kellner, ob unser Tisch fertig sei. Ich hatte reserviert. Ich war nicht Tom.

Wir setzten uns, und Nicolas sah mich an, wie er es oft getan hatte, eine Mischung aus abwartend und schlechtem Gewissen, mit gesenktem Kinn, also von unten aufsehend, und ich fühlte mich schrecklich unwohl. Da war noch so viel Wut in mir. Ich war mir nicht sicher, ob es mir gelingen würde, einen netten Abend zu haben. Ich wollte es. Was nützte es, nachtragend zu sein. Aber mein Körper war angespannt, und ich wusste nicht, ob ich eigentlich lächeln wollte. Im Moment konnte ich es nicht. Ich winkte einen der Kellner an unseren Tisch und bestellte mir ein großes Glas Rioja.

»Möchtest du keinen Aperitif, bevor wir Wein bestellen?«, fragte Nicolas, während der Kellner noch an unserem Tisch stand, den Stift bereit, um auch Nicolas' Bestellung zu notieren.

»Nein, ich möchte ein Glas Rotwein, deshalb habe ich das bestellt«, sagte ich. Das Lächeln schickte ich nur für den Kellner hinterher. Ich hatte es immer gehasst, wenn Nicolas mir vorschlug, was ich tun solle, insbesondere, wenn er es vor anderen tat. Oder, genauer, ich hatte es zu hassen gelernt. Anfangs war ich so entzückt von ihm gewesen, dass ich dankbar jeden Rat von ihm befolgte.

Nicolas bestellte sich also ein Glas Sancerre, aber ich konnte sehen, dass er ungehalten war. Er hatte es gerne, wenn alles exakt so lief, wie er es wollte. Ich war mir sicher, dass er nun an früher dachte und wie schwierig ich immer gewesen war, wie dickköpfig, und dass es wirklich ein Jammer war, dass ich nichts von *l'art de vivre* verstand. Vielleicht dachte er auch an meine Eltern. Er hatte sich oft bei mir beklagt, dass sie nicht genug Essen auf den Tisch stellten oder nicht genügend verschiedene Dinge auf einmal. Dafür ist meine Mutter nicht so ein kalter Fisch wie deine, schnappte ich in Gedanken zurück, und so saßen wir in immer lauter werdendem Schweigen, bis der Kellner mit unseren Weinen kam.

Nicolas erhob sein Glas. »Auf dich.«

»Was machst du überhaupt in München?«, fragte ich, nachdem ich einen zuversichtlichen Schluck genommen hatte.

»Du weißt doch, dass ich zusammen mit Thomas an dieser Dokumentation arbeite.«

»Über diesen Volksstamm am Honduras, wo nur Zwillinge geboren werden?«

»Nein, diese ist über die Kindheit von Harry Houdini, dem Zauberer, ich habe dir aber schon davon erzählt. Sein Vater war Rabbiner in Budapest, wusstest du das? Jedenfalls haben wir dafür grünes Licht von der Filmförderung bekommen, und wir haben jetzt ein paar Treffen mit Produzenten.« Ich hatte nur einen der Namen, die er nun aufzählte, schon mal gehört. Wie immer, wenn er von seiner Arbeit sprach, strich er sich dabei mit einer Hand über den Bart und legte einen sorgenvollen Gesichtsausdruck auf.

»Toll«, sagte ich.

Er nahm die Speisekarte und überflog sie rasch.

»Was ist *Dinkel*?«, fragte er.

»Épeautre.«

»Aber das ist doch kein Hauptgericht, Dinkel. Wie können sie das als Hauptgericht anbieten? Und was ist … *Stachelbeere*?«

Ich versuchte es ihm zu erklären.

»Groseille à maquereau? Bist du sicher?« Er sah mich erschrocken an.

Ich antwortete nicht. Ich hatte mir das betreffende Gericht einmal mit Tom geteilt, und es hatte uns beide begeistert.

»Haben sie kein Fleisch hier?«

»Doch. Schau, hier: Entrecôte, ganz unten bei den Hauptgerichten.« Ich zeigte ihm, wo es stand.

»Ja, aber Entrecôte … Haben die kein anständiges Schnitzel? Mit Pommes und grünen Erbsen und Sahnesauce und … Was für ein Restaurant ist das hier? Vegetarisch?«

Ich wiederholte, dass es Entrecôte gab. »Und sie haben auch Fisch. Bachsaibling ist ein Fisch. Ich weiß nicht, wie der auf Französisch heißt, aber er ist sehr gut.«

»Was ist los mit den Deutschen? Warum könnt ihr nicht gute deutsche Küche servieren? Ich würde so gerne Käsespätzle essen oder … wie heißen noch mal diese Fleischklöße in dieser weißen Kapernsauce?«

»Königsberger Klopse.«

Von ihm mit seinem französischen Akzent wiederholt, klang es nach einer seltenen Delikatesse.

»Oder Buletten.«

Ich sagte ihm, dass wir nicht in Berlin seien und dass das Fleischpflanzerl heiße.

»Fleischpflanzerl«, wiederholte er langsam. »Ich liebe Bayern. Weiße Würste. Süßer Senf. Schweinsbraten. Mmh, c'est bon ça.«

Ich hatte das an ihm geliebt. Seinen verrückten Enthusiasmus für Essen. Er wusste alles über regionale Küchen, und selbst in abgelegenen Dörfern in Kroatien oder Apulien fand er unter Garantie das beste Lokal. Die Adressen, die sonst nur die Einheimischen kannten. Er hatte eine Nase dafür. Aber jetzt ging mir sein offensichtliches Missfallen an der Speisekarte auf die Nerven. Ich mochte alles an diesem Lokal. Die Kellner waren freundlich, die Atmosphäre warm und herzlich. Und das Essen war ausgezeichnet.

»Warum nimmst du nicht einfach das Entrecôte? Es ist wirklich gut. Es gibt lauter verschiedene Gemüse dazu.«

»Keine Pommes frites?«

Ich sah ihn böse an.

»Und als Vorspeise?«

»Ich möchte keine Vorspeise. Ich hab nicht so viel Hunger.«

»Du musst eine Vorspeise nehmen. Nimm doch …« Er vertiefte sich erneut in die Speisekarte. Ich wusste, dass er mir etwas vorschlagen würde, worauf er genauso viel Appetit hatte wie auf das, was er für sich bestellen würde. Und so war es dann auch. Ich gab nach und hoffte nur, dass er ausnahmsweise mal den Anstand besitzen würde, für uns beide zu zahlen. Ich konnte schon spüren, wie die Wut bei dem Gedanken in mir aufstieg, dass er das am Ende nicht tun würde.

Nachdem wir bestellt hatten, bemerkte ich, dass mein Glas schon halb leer war. Nicolas hatte an seinem Wein nur ein paarmal genippt. Trank ich wirklich so schnell?

»Und?«, sagte ich, ohne noch recht zu wissen, was ich eigentlich sagen wollte. »Bist du immer noch mit dieser Moderatorin zusammen?«

Sein Gesicht verdunkelte sich. Ich konnte kaum noch seine Augen sehen. In diesem dämmrigen Licht war ohnehin nur zu erahnen, was für eine unglaubliche Farbe sie hatten. Die blauesten Augen, die ich jemals gesehen hatte. Ein helles Jeansblau, so leuchtend, als wären sie von hinten angestrahlt.

»Jessica.« Es klang wie ein Zischen, wenn er meinen Namen aussprach. »Hör auf.«

»Warum? Ist das eine verbotene Frage? Ich interessiere mich für dich. Das ist doch ein großer Teil deines Lebens, nein? Also, bist du noch zusammen mit ihr?«

»Hör auf, bitte.«

Warum sah er auf einmal so schuldbewusst aus? Warum sagte er es mir nicht einfach?

»Und?«

Er nickte, fast unmerklich, aber doch ein Nicken. »Ja. Ich bin noch mit Jeanne zusammen.« Er sagte es so ernst, als habe er gerade jemanden für tot erklärt.

»Wow, herzlichen Glückwunsch. Was für eine wunderschöne Liebesgeschichte das sein muss.«

»Jessica, hör auf. Bitte.«

Nicolas hasste es, wenn ich sarkastisch war. Aber wie sollte ich nicht sarkastisch sein mit jemandem, der mich wegen dieser Frau ein halbes Jahr lang angelogen hatte? Der so getan hatte, als sei er Single und warte sehnsuchtsvoll darauf, dass wir wieder zusammenkämen, während er in Wahrheit nicht einen einzigen verdammten Tag allein gewesen war. Er hatte sogar einen einmonatigen Urlaub in Spanien mit Jeanne verbracht, zu einer Zeit, in der wir nahezu täglich miteinander telefonierten und er mich annehmen ließ, ich erreiche ihn in Paris.

»Und, macht sie noch ihre Kindersendung? Läuft die noch? Tut mir leid, aber ich habe französisches Fernsehen nicht mehr so verfolgt in letzter Zeit.«

Er schien nervös. Fing an, in seinen Jeanstaschen nach etwas zu suchen. Ach ja, natürlich. Er war Raucher. Er wollte rauchen.

»Du rauchst nicht mehr, oder?«, sagte er und zog ein Softpack Marlboro Lights hervor.

»Doch. Aber nicht jetzt.«

Er stand auf. Ich sah ihm nach, wie er durch den Raum lief. Er war genauso groß wie Tom, aber er sah größer aus. Seine

Schultern waren breiter. Er hatte immer noch diese sonderbare Art zu gehen. Vor jedem Schritt schien sein Unterschenkel leicht nach vorne zu kicken, es hatte mich immer an einen Storch erinnert. Etwas an seinem Anblick machte mich traurig. Trotz seiner Größe wirkte er so besiegt. Von mir? Oder allgemeiner, vom Leben? Er war nie dazu in der Lage gewesen, mir Einhalt zu gebieten, wenn ich wütend war. Oft genug hatte er mir den Anlass dazu geliefert, weswegen ich ihn mich natürlich nicht bremsen ließ, nicht von *ihm*. Aber genau das machte mich so traurig. Dass nicht einmal jemand wie Nicolas, ein Mann mit den Schultern eines Riesen, in der Lage war, es mit mir aufzunehmen, wenn ich wütend war. Es erinnerte mich an meine Eltern.

Tom hatte nie Angst vor mir. Allerdings hatte er mich auch nie wütend erlebt, abgesehen von dem Morgen, an dem ich ihn, mit einer anderen Frau in seinem Bett gefunden hatte. Aber damals hatte meine Wut einen unübersehbaren Grund gehabt. Und ich war nicht sarkastisch oder gemein gewesen, sondern einfach aufgebracht.

Woran lag es, dass ich mit Tom so anders war? An ihm? Oder hatte ich mich verändert?

Als Nicolas wiederkam, bemühte ich mich um einen versöhnlichen Ton. Der Kellner hatte unsere Vorspeisen gebracht, so hatten wir etwas zu tun. Er fragte mich nach meinen Eltern, ich ihn nach seinen. Ich zeigte ihm Fotos meines Neffen. Ich dachte daran, Wasser zu trinken. Ich benahm mich. Bis zu dem Moment, an dem Nicolas mich nach meinen Plänen für den Sommer fragte.

»Ich weiß es noch nicht«, sagte ich. Tatsächlich hatte ich keine Pläne für den Sommer, abgesehen davon, dass ich die Therapie machen und vielleicht meine Küche umgestalten wollte. »Und du?«

Während unserer gemeinsamen Zeit waren wir jeden Sommer irgendwohin gereist. Die schönsten Ferien waren die gewesen, in denen wir sein Auto genommen und jede Nacht an einem anderen Ort geschlafen hatten. Aber auch unsere zwei Wochen auf einer griechischen Insel waren unvergessen. Oder die Rundreise durch die Ukraine, die wir zu großen Teilen in Zügen verbracht hatten, die knatterten und schnaubten wie aus dem vorvergangenen Jahrhundert und in denen livrierte Schaffnerinnen, die so hoch waren wie breit, wässrigen Borschtsch servierten, wenn sie nicht gerade heizten. Oder unser Urlaub in Brasilien, wo wir ein Häuschen gemietet hatten mit Zugang zu einem Swimmingpool, den wir leider nie benutzten, weil im Garten ein Hund frei herumlief und Nicolas' Angst vor Hunden nur von seiner Angst vor Bienen übertroffen wird.

»Hm …« Er schien unschlüssig zu sein, ob er mir von seinen Ferienplänen erzählen solle oder nicht. Natürlich würde er irgendwohin mit seiner Jeanne verreisen, und natürlich würde er dafür sorgen, dass sie es war, die zahlte. Schließlich arbeitete sie fürs Fernsehen.

»Also, wohin fahrt ihr zwei?«, fragte ich. Ich konnte sehen dass mein Tonfall ihn in Alarmbereitschaft versetzte. »Lass mich raten. Italien?«

Anstelle einer Antwort nahm er einen Schluck von seinem Wein.

»Griechenland? Komm schon, du wirst doch nicht dieselben Reisen mit ihr machen, die du mit mir gemacht hast, oder doch?«

»Jessica.«

»So heiße ich.«

»Bitte.«

»Wohin verreist ihr diesen Sommer, jetzt verrat's mir doch endlich.«

»Ich hab noch keinen Plan. Ich bleibe wahrscheinlich in Paris, obwohl niemand da ist im August. Nur Touristen. Aber ich möchte arbeiten. Ich habe eine Idee für einen neuen Film. Über die Geschichte der paneuropäischen Bewegung. Ein sehr interessantes Thema, hast du je vom Kreisauer Kreis gehört?«

»Und Jeanne? Was macht denn die arme Jeanne in ihren wohlverdienten Sommerferien? Wird sie nach Algerien fahren, um ihren Großeltern *marhaba* zu sagen?«

Er zuckte mit den Achseln. Er war eine ziemlich tolerante Person, insgesamt. Das rührte mich so sehr, wie es mich aufbrachte. Konnte er mir denn nie Grenzen setzen?

»Trägt sie denn immer noch so gerne ihre roten Hängeohrringe? Die fand sie doch so toll. Die hatte sie eine Weile jeden Abend an. Das ist nicht ihre große Stärke, oder, Geschmack? Aber ich finde wirklich fabelhaft, was sie versucht, mit ihren Haaren zu machen.«

Er sagte gar nichts mehr. Ich glaube, er war nur noch froh, dass er nicht mehr mit mir zusammen war. Und ich konnte ihn verstehen. Es war nur so, dass ich auch mich verstehen konnte.

»Weiß sie, dass du mich heute siehst?«

Ich war mir sicher, dass sie es nicht wusste.

»Was hast du dem armen Mädchen erzählt? Dass du mit Thomas arbeitest?«

Er sah jetzt wieder so geprügelt aus. Warum konnte er nicht

sagen, dass er gehen würde, wenn ich das Thema nicht fallenließe. Warum ging er nicht einfach?

»Du bist so ein Lügner«, hörte ich mich sagen. »Du bist so ein beschissener Lügner. Ich verachte dich. Ich verachte dich wirklich.« In meiner Stimme lag so viel Hass. Und doch tat er mir leid. Warum konnte ich nicht einfach aufhören? Warum saß ich hier mit ihm in Toms und meinem Lieblingsrestaurant und versuchte alles in meiner Macht Stehende, um ihm einen schlechten Abend zu bereiten?

»Ich hab ihr nicht gesagt, dass ich dich treffe«, sagte er schließlich. Wow, dachte ich, einmal ist er ehrlich. Mein zweites Glas Wein war fast leer. Sollte ich noch eins bestellen? Aber dann hätte ich fast eine Flasche getrunken. Warum war ich so gemein? Und warum trank ich so schnell?

»Und, was hast du ihr erzählt? Nein, im Ernst, ich will das wissen. Es interessiert mich, wie du lügst. Ich bin nicht mehr mit dir zusammen, also kannst du es mir erzählen. Ich bin es ja nicht mehr, die du anlügst.«

Er sah mich flehend an, dann stand er auf und ging in Richtung Toilette.

Jetzt wollte ich rauchen, also stand ich auch auf und ging raus.

»Es tut mir leid«, sagte ich zu ihm, als ich wieder zu unserem Tisch kam.

»Das Essen ist da«, sagte er. »Ich hab schon angefangen. Sonst wäre es kalt geworden.«

»Kein Problem«, sagte ich und setzte mich. »Ich habe nur kurz eine geraucht. Und ich dachte, dass ich wirklich netter sein sollte.«

»Das wäre schön.« In seinen Augen lag Dankbarkeit. Jetzt konnte ich sehen, wie blau sie waren. Es war wirklich eine spektakuläre Farbe. In Frankreich haben nur wenige blaue Augen. Jeanne musste zufrieden sein, dass sie sich einen Mann gefunden hatte, der nicht nur größer war als der Durchschnittsfranzose, sondern auch noch blaue Augen hatte, erstaunlich blaue Augen.

»Deine Augen sind immer noch so blau«, sagte ich.

»Und deine noch grün-braun. Mit ein bisschen Orange um die Pupille, wie kleine Sonnen.«

Dieses Mal dachte ich nicht an den Song von Dalida und Alain Delon. Stattdessen dachte ich, dass Tom niemals etwas über meine Augenfarbe gesagt hatte. War sie ihm nicht aufgefallen? War ihm so etwas egal? Tom. Wie mochte es ihm gehen. Ich hatte seit Tagen nichts von ihm gehört.

Wie anders der Sex mit ihm war, als der mit Nicolas gewesen war, der seine Sinnlichkeit ausschließlich über Nahrungsaufnahme auszuleben schien. Ich hatte ihn nie besonders gerne geküsst, aber immer gefunden, das sei nicht sein Fehler. So etwas wie einen schlechten Küsser gibt es nicht – man muss einfach jemanden finden, der so küsst wie man selbst. Toms Küsse waren sehnsüchtig und zärtlich, Nicolas' aufgeregt und nass. Und Sex war mit ihm eine Sache von drei Minuten gewesen, jedenfalls sobald wir offiziell zusammen waren. Vielleicht war er mit anderen Frauen weiterhin ein aufmerksamer Liebhaber. Aber mit mir, seiner Freundin, benahm er sich, als ficke er eine Nutte. Nur in Ausnahmefällen leckte er mich, und wenn, dann warf er mir vorher einen Blick zu, als ziehe er jetzt in den Krieg. Am Ende unserer Beziehung schämte ich mich, wenn er mich nackt sah. Ich war mir sicher, dass er mich nicht schön fand. Dass er sich wünschte, ich hätte vollere Brüste oder einen dickeren Hintern. Er sagte sogar einmal zu mir, ich sei eigentlich nicht sein Typ. Dass er auf »orientalische« Frauen stehe, es lieber fülliger habe – und sieh mal an, was er bekommen hatte.

Ich dachte, dass ich Jeanne an diesem Abend lieber nicht noch einmal erwähnen sollte.

»Wie ist dein Entrecôte?«, fragte ich.

»Zäh. Aber der Spinat ist gut. Und was ist das?« Er zeigte mit seiner Gabel auf ein Stück weißes Gemüse auf seinem Teller.

»Keine Ahnung. Steckrübe?«

»Steckrübe«, wiederholte er, als hätte ich etwas Unanständiges gesagt.

Ich dachte an die zufriedenen kleinen Geräusche, die Tom machte, wann immer er etwas sehr mochte.

»Und du? Bist du mit jemandem zusammen?«

Ich zuckte halbherzig mit den Schultern.

»Wer ist er?«

»Woher willst du wissen, dass es ein Er ist?«, fragte ich neckisch. Offensichtlich hatte mich der Wein ein bisschen entspannt.

Er sah verdutzt aus. »Bist du jetzt eine Lesbierin?«

»Das war ein Witz.« Auf einmal war ich sehr müde.

»Ist er jung?«

»Warum interessiert dich das?«

»Virginie ist jetzt mit einem viel jüngeren Mann zusammen.« Ich war schrecklich eifersüchtig auf seine Exfreundin gewesen. Er hatte tunlichst vermieden, in meiner Gegenwart jemals ihren Namen zu erwähnen.

»Und? Was kümmert es dich, wie alt er ist?«

»Ich finde es einfach nur sonderbar.«

»Warum?«

»Ich weiß nicht. Ich finde es seltsam. Dass Frauen heutzutage jüngere Männer wollen.«

»Ach so. Ist das ein Verhalten, das Männern vorbehalten ist?«

Da war er wieder, der ängstliche Ausdruck in seinen Augen.

»Ich meine, wie alt ist denn deine Jeanne jetzt? Zweiunddreißig?«

»Dreiunddreißig.«

»Das ist auch nicht exakt dein Alter, oder?«

Er wagte jetzt, einen Bissen von der Steckrübe zu probieren oder was auch immer es war. Und was auch immer es war, es schmeckte ihm nicht. Er spuckte es vorsichtig wieder aus und schob es mit der Gabel an den Rand seines Tellers.

Er sah so ernst aus, so sorgenvoll. Ich stellte mir Tom an seiner Stelle vor und sah ihn über irgendetwas lachen, das ich gerade gesagt hatte. Oder mit gesundem Appetit essen. Oder dem Kellner winken, um neue Gin Tonics zu bestellen.

Ich dachte daran, wie Tom auf meine Frage, ob er mit anderen Frauen schlief, geantwortet hatte – dass es vorkommen könne. »Mais non«, hätte Nicolas gesagt, »nur mit dir«. Er war der Typ Mann, der seine Frau mit seiner Sekretärin betrog, hätte er denn eine gehabt. Wie hatte er seine Affären eigentlich je kennengelernt? Wo hatte er die dünne Blonde hergehabt, die nackt auf dem scheußlichen Egg Chair in seiner Wohnung gesessen hatte? Ich dachte daran, dass er von mir so gut wie nie Fotos gemacht hatte. Ich musste ihn regelrecht anflehen und ihm meine Kamera in die Hand drücken, um überhaupt je ein Foto von einem unserer Urlaube zu haben, auf dem ich drauf war. Ich hatte Hunderte Fotos von ihm gemacht.

Irgendwie schafften wir es durchs Abendessen. Und er zahlte sogar für uns beide, wenn auch sichtlich schweren Herzens. Aber immerhin, er gab sich Mühe, dachte ich und akzeptierte seine Einladung ohne einen Anflug höflichen Protests. Und als wir uns voneinander verabschiedeten, küssten wir uns wieder auf die französische Weise, einmal rechts, einmal links, und das war's.

So ist man unter Exfreunden, dachte ich auf meinem Nachhauseweg. So unverbunden, dass man kaum weiß, worüber man reden soll. Warum konnte es nicht zwischen Tom und der anderen Jessica auch so sein? Oder war ich am Ende auch nur einer dieser armseligen Menschen, die ständig von Liebe redeten und den anderen, wenn es dann nicht funktionierte, hinter sich ließen, als hätte es ihn nie gegeben?

Mein Interview mit dem chilenischen Architekten erschien. Ich hatte ihn unter anderem gefragt, ob er glaube, dass Gebäude die Leben von Menschen beeinflussen können. »Glauben Sie, dass es zu einem radikal anderen Leben führen kann, in oder in der Nähe eines radikal anderen Gebäudes zu wohnen?«, hatte meine Frage gelautet. Seine Antwort war affirmativ und sehr lang gewesen.

Die Textnachricht, die ich an diesem Abend von Claudius erhielt, war kürzer:

»Andere Gebäude = andere Leben!«

Meine zweite Therapiesitzung brachte neue Erkenntnisse.

Der Hund schien sich bereits an mich gewöhnt zu haben. Er bellte nur einmal kurz, als ich hereinkam, dann sprang er vom Sofa, kam zu mir und schnupperte so lange an meinem Bein, dass ich schon zu befürchten begann, ich rieche komisch, aber Frau von Beuys, so hieß meine Therapeutin, behauptete, das sei ein Zeichen besonderer Zuneigung. Diesmal verschwand sie früh in unserer Sitzung hinter der Tafel. Dort sagte sie – als Tom, vermeintlich – so viele Dinge, die tatsächlich zutrafen, dass ich geneigt war, meine Zweifel über Bord zu werfen. Am Ende war sie wirklich ein Medium? Wie sonst hätte sie wissen sollen, dass Tom innerhalb grauer Betonwände wohnte? »Ich sehe Grau«, sagte sie, als sie von seinem Zuhause sprach, »viel Grau. Ich sehe graue Wände. Grauen Beton.« Oder dass er die andere Jessica seine »Kollegin« nannte? Als ich fragte, ob er seine Exfreundin noch liebe, korrigierte sie mich auf der Stelle. »Meine *Kollegin*, meinst du.« Da wusste sie noch nicht, dass die beiden zusammen unterrichteten. Sie wusste noch nicht einmal, dass die andere Jessica auch Musikerin war. Oder dass Tom Langstreckenflüge hasste. Gut, das mag etwas weiter verbreitet sein, aber sie begründete es mit seinen langen Beinen, und woher konnte sie wissen, dass er sehr groß war? Tatsächlich war nichts von dem, was sie als Tom sagte, falsch.

So erreichten mich die einzigen Nachrichten, die ich in dieser Zeit von Tom erhielt, mittels einer kleinen rothaarigen Frau, die sich hinter einer Tafel versteckte. Ich erfuhr, dass er beinahe zusammenbrach unter der Last, mit seiner sterbenden Mutter umzugehen. Die, wie Frau von Beuys sagte, immer schon viel Aufmerksamkeit von ihrem Sohn verlangt habe. Jetzt, sagte sie, stünde seine Mutter zwischen ihm und mir. Er trage sie buchstäblich auf seinen Armen. »Sie müssen sich das so vorstellen«, sagte sie, nachdem sie wieder hinter ihrer Tafel hervorgekommen war, und streckte beide Arme nach vorne,

Handflächen nach oben und mit gekrümmtem Rücken, als trage sie eine schwere Last. »Wenn er mit Ihnen kommunizieren wollen würde, wäre sie dazwischen. Er müsste richtig über sie hinwegschreien, damit Sie ihn hören können. Ich habe auch sehr viel Schuld gespürt. Er fühlt sich verantwortlich für das Wohlergehen seiner Mutter. Das Schuldgefühl war so groß, dass ich mir sicher bin, dass er es schon als Kind gehabt hat.«

Über die andere Jessica, verriet Tom mir via Frau von Beuys Folgendes: »Sie ist zu rational. Die Gefühle sind bei dir.« Im Moment sei ich allerdings nur eine entfernte Erinnerung. Es sei, als gehöre ich in ein anderes Leben. Aber eines Tages würde er wieder auftauchen aus seinem Unglück – und zu mir zurückkommen. In der Zwischenzeit solle ich mir einen schönen Sommer machen. Zwar für ihn da sein, denn er brauche mich. Aber er brauche mich stark. Ohne Ansprüche. Ohne Angst. Also solle ich für mich sorgen und es mir so gut gehen lassen wie möglich. »Kennen Sie nicht diesen klugen Satz?«, sagte Frau von Beuys, als die Stunde zu Ende war. »Man muss wollen, was man hat, bevor man bekommt, was man will?« Sie hielt meine Hand, während sie dies sagte, und schüttelte sie bis zum letzten Wort.

Einigermaßen verwirrt, vor allem aber erleichtert, vereinbarte ich sofort einen neuen Termin.

Ich machte mir eine Liste. Ich gab ihr den Namen »Mein schöner Sommer«. Ich hatte eigentlich vorgehabt, sehr viele Punkte zu notieren, hatte hoffnungsvoll mehr als zehn Striche gesetzt, doch zuletzt notierte ich nur vier.

– Küche neu machen
– Darüber nachdenken, mit dem Rauchen aufzuhören
– Joggen
– Sex

Ich begann sofort mit Punkt eins. Eine Freundin hatte kürzlich einen Schreiner erwähnt, der ihre Küche umgebaut hatte. Sie hatte mir Fotos gezeigt. Es hatte mich damals nicht sonderlich interessiert, aber im Nachhinein hatte es gar nicht schlecht ausgesehen. Es hatte sogar ziemlich gut ausgesehen. Ich rief sie an und bat sie um die Nummer des Schreiners. Es stellte sich heraus, dass er zufällig gerade in meiner Gegend war, und so klingelte er bereits kurze Zeit später an meiner Tür.

Ich war überrascht, wie jung er war. Er sah keinen Tag älter aus als zweiundzwanzig. Ich führte ihn in meine Küche, wo er ziemlich lange schweigend herumstand. »Ich könnte mit so einer Situation nicht leben«, sagte er schließlich und zeigte in die Ecke mit dem Staubsauger.

»Ja, ich weiß, deshalb würde ich ja gerne etwas ändern.«

Er fragte mich, was ich mir vorstellte. Ich sagte ihm, dass ich ihm das nicht sagen könne, da ich von Küchen nichts weiter wisse, als dass mir meine nicht gefiel.

»Sie wollen eine Einbauküche«, sagte er im Ton einer Feststellung.

Ich sagte ihm, dass ich nicht mal wisse, was eine Einbauküche sei, dass ich aber auf keinen Fall wolle, dass meine Küche aussehe wie Küchen, die Eltern haben. Und es solle nicht so aussehen, als koche ich die ganze Zeit. Eigentlich solle es nur ein wenig ruhiger wirken, und vielleicht etwas mehr Arbeitsfläche wäre auch ganz nett. Es stellte sich heraus, dass eine Einbauküche genau das war, was ich wollte.

Aber welche Farben sollten die Türen haben, welches Design die Griffe, was für ein Aufbewahrungssystem? Mochte ich Schubladen, was hielt ich von Schiebetüren – die Fragen, die er stellte, nahmen kein Ende. Ich hatte auf keine eine Antwort. Wir vereinbarten, dass ich erst mal überlegen würde, vielleicht ein paar Küchengeschäfte besuchen, Fotos im Internet oder in Einrichtungsmagazinen ansehen und mich dann wieder bei ihm melden. Nachdem er gegangen war, stand ich in meiner Küche, und alles, was ich denken konnte, war: Was für eine Küche würde Tom gefallen?

Den zweiten Punkt der Liste verwarf ich über einer Zigarette. Und damit auch den dritten, da es für Raucher sinnlos ist, eine Ausdauersportart in Betracht zu ziehen. Ich beschloss, mir beides für später aufzuheben. Wenn es mit Tom wieder so wäre wie vorher – und dass das so sein würde, davon ging Frau von Beuys ja fest aus –, könnte ich immer noch mit dem Rauchen wieder aufhören.

Obwohl es nicht auf meiner Liste gestanden hatte, nahm ich ein großes gerahmtes Foto von meiner Wand im Flur. Es zeigte eine verschneite Kreuzung, und die einzige Farbe darauf war eine rot leuchtende Ampel. Ich trug es in meinen Keller und brachte von dort ein anderes Bild mit hoch, das ich an dieselbe Stelle hängte. Die Zeichnung eines Mädchengesichts. Traurige runde Augen, brave Frisur, artiger weißer Kragen. Darunter in krakeliger Schreibschrift: »Can't dance but still dancing«.

Alle zwei oder drei Tage schickte ich Tom eine kurze E-Mail, um ihn wissen zu lassen, dass ich da war und an ihn dachte. Ich stellte nie eine Frage, damit er nicht das Gefühl hätte, antworten zu müssen. Einmal erwähnte ich unser Wochenende in Frankreich. Es war erst vier Wochen her, dass wir in jenem grün gekachelten Pool geschwommen waren. Dass das Leben gut gewesen war.

Um fünf Uhr am nächsten Morgen weckten mich die zwei ansteigenden Akkorde, mit denen mein Telefon verkündet, dass eine Textnachricht eingegangen ist.

»Ja, es ist erst vier Wochen her, dass wir in Frankreich waren, aber es ist jetzt eine vollkommen andere Welt, jedenfalls für mich. Ich habe diese Reise sehr genossen und spreche viel von ihr. Irgendwann einmal werden wir in Erinnerungen daran schwelgen. Doch jetzt ist jeder auf sich allein gestellt. Für mich ist es jetzt an der Zeit, erwachsen zu werden. Was mit dir ist, kann ich nicht sagen. Aber wir sprechen bald und halten Kontakt. In der Zwischenzeit – sei frei.«

Es dauerte vier lange Stunden, bis Roni zurückrief. Ich musste ihr Toms Nachricht mehrere Male vorlesen, bis ich es endlich ruhig genug tat, so dass sie ihr folgen konnte. »Aber Jessica, er hat geschrieben: *in der Zwischenzeit.* Er meint nicht, dass du für immer frei sein sollst.« Sie bat mich, ihr die SMS noch einmal vorzulesen, und wies mich auf den exzessiven Gebrauch des Wortes »jetzt« hin. Das sei doch sehr aufschlussreich, ganz sicher sei es nicht endgültig aus.

Ich hatte einen Albtraum. Jemand erzählte mir, Tom habe sich umgebracht. Das war alles, nur diese Nachricht, die mir irgendjemand überbrachte. Vollkommen verzweifelt wachte ich auf. Wie schrecklich es wäre, nie wieder mit ihm sprechen zu können, ihn nie wieder zu sehen. Ich konnte mich kaum beruhigen. Eine tiefe Traurigkeit begleitete mich den ganzen Tag.

In unserer nächsten Sitzung bat mich Frau von Beuys zu erklären, was genau ich an Tom so mochte. Ein Aspekt schien sie besonders zu interessieren: »Sie sprechen von seiner Traurigkeit, die Sie so berührt. Das ist sonderbar. Die meisten Frauen, die ich kenne, und ich spreche nicht nur von meinen Klientinnen, würden sich eher für weniger komplizierte Typen interessieren. Wie kommt es, dass es Sie zu melancholischen Männern hinzieht?« Ich sagte ihr, dass ich nicht wisse, ob das wirklich so sei. »Na, das scheint mir aber doch so«, beschied sie.

»Aber ich würde Tom gar nicht als melancholisch beschreiben.«

»Kennen Sie irgendwelche Kinder näher?«

»Ja, ein paar.«

»Wie alt sind die?«

»Die meisten sind ungefähr sieben. Oder jünger.«

»Kennen Sie jemanden, der dreizehn Jahre alt ist?«

Endlich begriff ich, worauf sie hinauswollte.

»Dreizehn Jahre sind eine Ewigkeit, vor allem für ein Kind. Das ist ein ganzes Leben. Glauben Sie mir, ich weiß, wovon ich rede, ich habe selbst zwei Jungs. Man ist fast ein fertiger Mensch mit dreizehn. So, und jetzt stellen Sie sich mal vor, was es mit einem Kind macht, wenn es sein ganzes Leben lang keine Freunde hatte. Das muss die Hölle sein. Natürlich gibt es da eine große Traurigkeit in Tom, natürlich, und zwar die Traurigkeit eines einsamen Kindes. Er ist aufgewachsen mit der Erfahrung, abgelehnt zu werden, ausgeschlossen zu sein von allem, was Kindern normalerweise Spaß macht. Seine Kindheit muss sehr hart gewesen sein, und es gibt bestimmt auch einen großen Anteil von Selbsthass in ihm. Also wenn Sie mich fragen – he's a lost soul.«

Eine meiner frühesten Kindheitserinnerungen: Mein Vater steht auf einem Stuhl, es könnte auch eine kurze Leiter gewesen sein, und versucht, den Spiegel in unserem Gästebadezimmer von der Wand abzuschrauben. Ich bin fünf Jahre alt, wir zogen damals um. Meine Mutter läuft am Badezimmer vorbei, sieht, was er tut, und sagt zu ihm, er solle aufhören, der Spiegel habe bei unserem Einzug schon dort gehangen. Sie sagt es streng, als wäre er ein dummer kleiner Junge. Ich werde nie vergessen, wie mein Vater daraufhin guckte, so traurig und einsam und lange genug, dass ein kleines Mädchen sich noch als Erwachsene daran erinnern würde. Dann ließ er die Hand sinken, in der er das Werkzeug hielt, und kletterte von seinem Podest. Er tat mir so leid, mein armer kleiner Vater, der mir doch sonst immer so stark vorkam.

»Aber glauben Sie denn wirklich, dass alle Frauen ihr ganzes Leben lang immer nach einem Mann suchen, der wie ihr Vater ist?«, fragte ich Frau von Beuys.

»Aber natürlich. Wir suchen alle immer nach unserem Vater in unserem Partner, auch nach unserer Mutter. Deshalb geht ja immer alles so schief. Und damit verdiene ich mein Geld.« Sie lachte. »Also, mir kommt Tom vor wie der ideale Partner für Sie. Sie brauchen einen Mann, der nie ganz zu haben ist. Der sich immer eine Hintertür offenhält.«

Sie riet mir, die derzeitige Situation mit Tom so zu sehen, als sei er im Krieg. »Es gibt sogar eine Bezeichnung für Frauen wie Sie – Kriegswitwen. Die Kriegswitwen konnten ihre Männer auf dem Feld auch nicht anrufen. Die konnten nur zu Hause rumsitzen und ihre Kinder alleine großziehen. Gut, Sie haben jetzt keine Kinder, aber das macht nichts. Das Wichtige ist, dass Sie nicht nur rumsitzen und warten, während er fort ist und seinen Kampf kämpft.« Sie hatte auch eine Warnung für mich. »Die Kriegswitwen hatten immer das perfekte Bild ihrer Männer im Kopf, und dann kamen die eines Tages nach Hause und waren versehrt. Einige hatten ein Bein verloren, andere ihr Gehör oder ihr Augenlicht oder einen Arm. Ich sage Ihnen das nur, damit Sie darauf vorbereitet sind, dass Sie Ihren Tom vielleicht eines Tages versehrt zurückbekommen. Er wird vielleicht nicht mehr der sein, den Sie mal kannten.«

Auch vom Tod von Toms Mutter hatte sie eine klare Vorstellung. Sie war überzeugt davon, dass sie nicht vor Herbst sterben würde.

Ich kaufte mir Einrichtungsmagazine und sah mir die perfekten Küchen an, die darin gezeigt wurden. Es schien einen Trend zu mehreren Kücheninseln zu geben, aber in meiner Küche war nicht einmal genug Platz für eine. Außerdem ist meine Küche schwarz-weiß gekachelt, was die ausgefallenen Farben ausschloss, die offenbar gerade für Küchenschränke in Mode waren. Das Einzige, was vielleicht gehen würde, dachte ich, war Grau.

Es stellte sich heraus, dass die Schwiegertochter eines Bekannten für ein großes Einrichtungshaus als Küchenplanerin tätig war. Im Moment arbeitete sie nicht, weil sie in den letzten Wochen ihrer Schwangerschaft war, aber als ich sie anrief, schien sie hocherfreut über die Möglichkeit, etwas zu tun, irgendwas, das sie davon ablenken würde, sich über die Geburt Sorgen zu machen. »Diese Warterei bringt mich um«, sagte sie, und ich verstand sie genau.

An einem schwülheißen Nachmittag kam sie zu mir. Kurzatmig und sichtlich erschöpft von dem Extragewicht, das sie mit sich herumschleppte, schüttelte sie meine Hand und ging direkt auf die Toilette. Als sie wieder rauskam, bat sie um ein Glas Wasser, das sie in einem Zug leerte. Dann machte sie sich an die Arbeit. Sie wollte mich nicht helfen lassen, nicht einmal, als sie sich hinknien musste, um mit dem Zollstock unter dem Spülschrank Maß zu nehmen. Sie war sehr konzentriert und kommentierte weder den Staubsauger noch sonst irgendetwas. Anschließend setzte sie sich an meinen Computer. Wenige Minuten später präsentierte sie mir mehrere Möglichkeiten, wie meine zukünftige Küche aussehen könnte. Ich hasste jede einzelne davon.

»Das sieht so ... professionell aus.«

»Danke.« Offenbar galt professionelles Aussehen in der Küchenwelt als erstrebenswert.

»Das macht mir aber ein bisschen Angst, ich meine, ich koche so gut wie nie.«

»Aber so sieht es viel ruhiger aus als jetzt. Schau, alle Schränke sind zu. Ich zeig's dir mal in einer anderen Farbe ...«

Nach ein paar Klicks hatte ich meine neue Küche nicht nur holzvertäfelt, schwarz, türkis und wieder holzvertäfelt gesehen, sondern auch aus unterschiedlichen Perspektiven, sogar mit auf- und zugehenden Schubladen und Türen. Irgendwie hatte sie es sogar fertiggebracht, den schwarz-weiß gekachelten Boden in die Animation zu integrieren.

»Schau, hier würdest du Pfannen und Töpfe verstauen.«

»Und der Staubsauger? Wo kommt der hin?«

»Der Staubsauger?«

Um den Staubsauger zu verstauen, würde ich einen höheren Schrank brauchen. Aber mit einem höheren Schrank sah keine meiner potenziellen zukünftigen Küchen gut aus, das fand auch sie.

Sie benutzte meinen Drucker, und kurz darauf hielt ich einen Packen Papier in Händen, auf dem jedes Teil aufgelistet war, das ich brauchen würde, und der jeweilige Preis. Es wäre noch nicht einmal besonders teuer. »Du kannst dir dann immer noch andere Türen vom Schreiner anfertigen lassen«, sagte sie, »viele unserer Kunden machen das so.« Sie schien gar nicht beleidigt deswegen.

Nachdem sie gegangen war, versuchte ich mir Claudius' Küche vorzustellen, konnte mich aber nicht an Details erinnern. Wie waren die Griffe, gab es Schubladen, aus welchem Material war die Arbeitsplatte? Alles, was ich noch wusste, war, dass sie perfekt gewesen war.

Ich stellte mir den Wecker jeden Morgen auf sieben Uhr, um an meinem Buch zu arbeiten, bevor ich in die Redaktion ging. Allerdings hatte ich mich in der Zwischenzeit an eine ganz neue Geschichte gemacht. Sie handelte von einem älteren amerikanischen Ehepaar, das nach dem Drogentod ihres Sohnes von New York nach München, wo er gelebt hat, zieht, um zu verstehen, wer er geworden war. Sie mieten sich in das Haus ein, in dem er gewohnt hat – ein ehemaliges Parkhaus im

Norden der Stadt, das von einer Baugruppe in ein Mehrparteienwohnhaus umgewandelt worden ist. Die Etagen sind in einzelne Parzellen unterteilt, die nach dem Baukastenprinzip individuell gestaltet und umgestaltet werden können, je nachdem, wie viele Bewohner es gibt und wie die Ausstattung sein soll. Die Parzelle des Ehepaars hat weder Küche noch eigenes Bad, aber es gibt eine Gemeinschaftsdusche in jedem Stockwerk und eine Kantine im Erdgeschoss, deren Nutzung allen Bewohnern offensteht. Der Großteil der anderen Bewohner ist etwa so alt wie ihr Sohn zum Zeitpunkt seines Todes. Sie erzählen niemandem, dass sie seine Eltern sind, sprechen überhaupt niemals von ihm, auch nicht untereinander. Ihr Leben verändert sich mit dem Umzug radikal, und nach und nach verändern auch sie sich. Alles, woran sie je geglaubt haben, wird einmal kräftig durchgeschüttelt und ist plötzlich gar nicht mehr so klar. Ich war noch nicht so weit, aber am Schluss würden sich die beiden trennen, aber als Freunde, und der Mann würde zurück nach Amerika gehen, während die Frau in München blieb, in jenem Haus, in dem ihr Sohn gelebt hatte. Sie würde mit einer jungen alleinerziehenden Mutter zusammenziehen, die sie beim Küchendienst in der Kantine kennengelernt hatte, und dieser helfen – und zugleich sich selbst. Endlich würde sie wieder eine Aufgabe haben und könnte damit aufhören, sich alt und nutzlos zu fühlen. Es passierten auch noch andere Sachen, aber das war der Haupthandlungsstrang.

Mein Verlag war erst nicht begeistert gewesen, aber nachdem ich ihnen die ersten Kapitel geschickt hatte, mochten sie es. Nur beim Titel waren wir uns nicht einig. Ich wollte das Buch »Neue Leute« nennen, sie bestanden auf »Lebensräume«.

Blieb ein Punkt auf meiner »Mein schöner Sommer«-Liste, den ich noch nicht in Angriff genommen hatte: Sex. Ich hatte ihn notiert, weil ich dachte, egal wie die Dinge mit Tom sich entwickeln würden, könnte es nicht schaden, mit einem anderen Mann Sex gehabt zu haben. Alleine schon fürs Gleichgewicht.

Roni war schon da, als ich die Bar betrat. Sie saß am Tresen. Der Platz neben ihr war frei, ansonsten war es ziemlich voll und der Geräuschpegel so laut, dass man die Musik im Hintergrund – im Moment möglicherweise Otis Redding – nur erahnen konnte. Der Ort war Ronis Vorschlag gewesen. Sie bestand darauf, dass sich nirgendwo besser Männer kennenlernen ließen als hier.

»Und?« Ich setzte mich auf den Hocker neben ihr. »Was dabei?«

»Also, der da hinten«, sagte sie zwischen den Begrüßungsküssen, »der sieht doch schon mal gar nicht schlecht aus.« Sie nickte in Richtung eines Schwarzen, der angezogen war wie ein Dandy aus dem 19. Jahrhundert.

»Ja, aber ich würde denken, der ist schwul.«

»Du bist aber wählerisch. Was ist mit dem daneben?«

»Der ist höchstens sechzehn.«

»So ein Quatsch. Nur weil er keinen Bart hat … Was wollen wir trinken?«

Ich war extra im Drogeriemarkt gewesen. In der Innentasche meiner Handtasche steckte ein frisch gekauftes Kondom. Ich wusste nicht, wie ernst ich meinen Plan eigentlich selber nahm. Ich war nervös. Und irgendwie schlecht gelaunt. Irgendwie sehr schlecht gelaunt.

»Gin Tonic.«

»Gute Idee.«

Rechts neben Roni saß ein Mann, den man vor ein paar Jahren vermutlich noch für einen fahrenden Jesus-Laiendarsteller gehalten hätte. Es war unmöglich zu erkennen, wie er eigentlich aussah, ob gut oder schlecht. Nicht mal sein Alter konnte ich schätzen. Ich fragte Roni, was sie glaubte – eher Anfang dreißig oder Mitte sechzig? Sie schaute sich so auffällig nach ihm um, dass er es bemerkte. Sie sah ziemlich lange in seine Richtung. Irgendwann lächelte er.

»Eher so wie wir«, sagte sie, als sie sich wieder zu mir drehte. »Aber es wird immer schwieriger mit diesen Bärten, da gebe ich dir recht. Und der sieht irgendwie ungepflegt aus. So verwildert. Wie irgendwas, hinter dem im Märchen eine Prinzessin wohnt.« Sie drehte sich noch mal nach ihm um. Der Blick, mit dem er sie ansah, verriet mir, dass sie mit ihm flirtete. Ich schaute mich im Raum um. Niemand beachtete mich. Ich kam mir so bescheuert vor mit meinem Kondom in der Tasche und meinem idiotischen kleinen Plan, den ich Roni natürlich erzählt hatte, wem sonst. Ich stand auf und ging aufs Klo. Als ich wieder zurückkam, saß der Bärtige auf meinem Platz, wo er zuvor gesessen hatte, saßen jetzt andere Leute, und es sah aus, als führten Roni und er gerade das faszinierendste, möglicherweise sogar erste wirklich interessante Gespräch ihres Lebens. Beide hatten die Köpfe aufgestützt und sich mit den Oberkörpern einander so zugewandt, dass sie ihren eigenen kleinen, in sich geschlossenen Raum bildeten, in dem niemand sonst Platz hatte.

»Jessica.« Roni sprang auf, als sie mich sah. »Setz dich.«

»Nein, nein, ich will euch auf keinen Fall stören.«

»Du störst doch nicht.«

»Ach echt?« Ich sagte es mit Blick auf den Bärtigen, der soeben ein wenig peinlich berührt aufstand.

Ich schnappte mir meine Jacke – »Viel Spaß noch euch beiden« – und bahnte mir einen Weg durch all die Leute, die ich nicht kannte und an diesem Abend auch nicht kennenlernen würde.

Als ich die Straßenbahnschienen überquerte, holte Roni mich ein.

»Sag mal, spinnst du, bleib doch stehen, was soll denn das, was habe ich denn gemacht?«

»Nichts.«

»Jessica, jetzt bleib bitte stehen. Was ist denn?«

»Nichts.«

»Jetzt sei nicht lächerlich. Und bleib doch bitte stehen, damit ich nicht schreien muss.«

»Du musst wirklich nichts sagen.«

»Das Gefühl habe ich aber schon.« Sie packte mich am Arm, ich riss mich los. »Geh doch zurück, flirten. Das kannst du doch so gut.«

»Nur weil du Liebeskummer hast, muss ich mich von dir aber nicht –«

»Ich hab keinen Liebeskummer.« Die Teenager, die gerade an mir vorbeigelaufen waren, sahen sich erschrocken nach mir um, aber an dieser Stelle fing ich ohnehin an zu laufen, ich lief, so schnell ich konnte, so schnell, dass Roni mich nicht würde einholen können, ich rannte den ganzen Weg bis nach Hause, und Tränen der Wut liefen mir dabei über die Wangen.

Tom war in der Stadt.

Ich fand es noch in derselben Nacht heraus, als ich vor dem Schlafengehen durch Facebook scrollte und plötzlich ein Foto von ihm sah, das am Nachmittag im großen Saal der Musikhochschule aufgenommen worden war. Eine feierliche Veranstaltung. Jemand, den ich vage kannte, war dort gewesen und hatte Fotos gepostet. Tom saß im Publikum. Seine Haare waren so lang, dass sie sich fast lockten, er trug einen dunklen Anzug und hielt einen Packen Papier in der Hand. Das Foto hatte vier Likes bekommen, und jemand hatte den Kommentar hinterlassen: »Looking dope, Tom!« Für mich sah er vollkommen verzweifelt aus. Er lächelte zwar, aber seine Augen verrieten ihn.

Auf mehreren Fotos war Claudius zu sehen. Auch er saß im Publikum, aber erste Reihe, Mitte, umringt von festlich gekleideten Männern, die freudig gespannt aussahen und auf einer der Aufnahmen applaudierten. Er trug ein bis oben hin zugeknöpftes schwarzes Hemd mit Stehkragen. Er sah gebräunt aus. Und er hatte die Haare zurückgegelt. Im Hintergrund entdeckte ich auf einem der Bilder auch die andere Jessica. Sie saß sehr aufrecht und schien konzentriert zuzuhören. Sie trug ebenfalls Schwarz, und der Ellbogen, der von der Seite noch mit ins Bild ragte, mochte zu Tom gehören. Ich klickte auf den Link zur Veranstaltung und erfuhr, dass es ein Festakt zu Ehren von Claudius gewesen war, der zum Ehrenmitglied der Musikhochschule ernannt worden war. Der Hochschuldirektor hatte eine Rede gehalten, und es hatte ein Konzert gegeben. Bei zwei Stücken waren unter den Mitwirkenden auch Tom und die andere Jessica aufgeführt.

Also war er aus beruflichen Gründen hier. Für wie lange?

Warum meldete er sich nicht? Ich rief ihn an, aber er ging nicht dran.

Am nächsten Tag hatte ich einen Termin bei Frau von Beuys. Unter ihrer Anleitung formulierte ich eine Textnachricht, die ich ihm noch aus ihrer mit Teppichen ausgelegten Praxis schickte. Ein paar Worte nur, aber wir brauchten die halbe Sitzung dafür. »Ich würde dich gerne sehen, hast du Zeit?« Hätte ich sie alleine geschrieben, wäre sie anders ausgefallen. Weniger direkt. Etwas wie »Seltsam, dich in der Stadt zu wissen, ohne dass du dich meldest.« Oder: »Warum meldest du dich nicht?«

»Seien Sie doch mal wütend.« Frau von Beuys ruckelte von hinten an meiner Stuhllehne.

»Echt?«, sagte ich. »Finden Sie, das wäre angebracht?«

»Hallo?«, sagte Frau von Beuys und guckte so wie Comedians manchmal.

»Ich find's ja auch scheiße, dass er sich nicht bei mir meldet, aber seine Mutter stirbt, und es geht ihm bestimmt überhaupt nicht gut, und es geht halt gerade nicht um mich.«

Frau von Beuys stieß einen langgezogenen Seufzer aus. »Erst mal setzen Sie sich jetzt mal anders hin. Aufrecht. Gerade. Ja, so ist es viel besser. Und jetzt atmen Sie ganz tief in den Bauch. Und jetzt sprechen Sie mir nach: Ich bin keine Krankenschwester.«

»Das ist doch albern.« Ich ließ mich wieder im Stuhl zurücksacken.

»Ich will mal ein bisschen Power von Ihnen sehen!«

»Aber ganz verstehe ich das nicht von Ihnen«, sagte ich. »Wie kommt es jetzt eigentlich zu dieser Kehrtwende? Haben Sie mich nicht die ganze Zeit bearbeitet, dass ich für ihn da sein soll und für alles Verständnis haben? Sie sagen doch immer, ich solle nichts von dem, was er zurzeit sagt oder tut, persönlich nehmen, er sei in einer Art Ausnahmezustand und so weiter.«

Sie sah mich auf einmal ernst an, fast streng. »Ich hoffe, Sie haben nicht den Eindruck, dass ich Sie *bearbeite*«, sagte sie. »Wir arbeiten gemeinsam daran, das zu erreichen, was für Sie das Beste ist. Und vergessen Sie nicht, Tom ist vollkommen von seiner Mutter blockiert. Er hat sich nie von ihr gelöst. Und ohnehin, das wissen Sie doch, ist er kein Mann, den Sie je ganz haben können. Aber Sie müssen daran denken, dass er genau der Mann ist, den Sie wollen.«

»Ich weiß nicht mehr, was ich will.«

Sie sah mich mitfühlend an. »Sie brauchen selbst ganz viel Freiraum. Das ist wichtig für Sie. Und wissen Sie was, heute Morgen habe ich eine Entscheidung getroffen. Als ich aufgewacht bin, habe ich an Sie gedacht. Und ich habe beschlossen, dass wir um diesen Mann kämpfen werden.«

Spät am Abend kam seine Antwort.

»Ich bin schon wieder in New York. Es tut mir leid.«

Kurz nach vier Uhr morgens wurde ich vom Klingeln meines Telefons geweckt. Ich hatte es immer noch Tag und Nacht an und auf laut gestellt, ich war sofort hellwach.

»Wir haben heute entschieden, die Behandlung abzusetzen.« Es hatte keine Einleitung gegeben, ich glaube, er hatte noch nicht einmal hallo gesagt.

»Was heißt das? Ihr habt die Chemo abgebrochen?« Ich setzte mich auf.

»Wir haben sie gar nicht erst angefangen. Sie wäre heute losgegangen, aber der Tumor wächst zu schnell. Deshalb haben wir entschieden, alles zu stoppen. Nicht noch mehr Zeit in Krankenhäusern zu vergeuden, sondern die letzten Wochen so intensiv wie möglich zu erleben. Es sind nur noch Wochen. Das ist sicher. Sie ist jetzt zu Hause. Im Grunde warten wir jetzt darauf, dass sie stirbt.«

»Ach Tom ... Ich dachte, die Ärzte hätten gesagt, sie hätte noch siebzehn Monate.«

»Jessica, eigentlich habe ich dich angerufen, weil ich das mit uns beenden will.«

Was?

»Ich muss alleine sein. Ich *will* alleine sein.«

Ich stand auf und lief in meinem dunklen Schlafzimmer vor und zurück.

»Aber ...«

»Ich muss über mein Leben nachdenken. Es ist alles so ein Chaos.« Ich hatte den Eindruck, dass er getrunken hatte, er sprach eine Nuance undeutlich. »Ich muss alles ändern, alles.«

Ich ging ins Badezimmer, den dunkelsten Raum in meiner Wohnung, machte die Tür zu und setzte mich auf den kalten Kachelboden.

»Jessica, bist du noch dran?«

»Ja, ich bin hier.«

»Jessica, es tut mir leid.« Er klang so weit weg, viel weiter als New York, sein Anruf hätte vom Mond kommen können. »Ich habe Riesenprobleme mit der anderen Jessica, wir hatten einen Riesenstreit. Ich weiß gar nicht, ob wir noch weiter zusammenarbeiten können.«

Warum erwähnte er sie schon wieder, warum sogar jetzt? Ich konnte nicht klar denken, ich brauchte dringend frische Luft.

»Kann ich dich in zehn Minuten zurückrufen?«

»Klar«, sagte er, und wir legten auf.

Ich ging ins Wohnzimmer, öffnete eins der Fenster weit und zündete mir eine Zigarette an.

Als Kind hatte ich lange geglaubt, ich könne fliegen. Ich hatte es so fest geglaubt, dass ich es wirklich wusste. Es war eine Riesensache gewesen, die mich von allen anderen Menschen unterschied. Ich war auserwählt. Etwas Besonderes. Mein Kinderzimmer lag unter dem Dach, rosa gestrichen und mit schrägen Wänden. Nie konnte ich aus dem Fenster sehen, ohne daran zu denken, dass ich nur vom Sims springen müsste, um zu fliegen, wohin immer ich wollte. Vielleicht nur zu meiner Freundin Katharina, ein paar Straßen weiter. Eines Abends probierte ich es aus. Es sollte kein Test sein, ich hatte ja gar keinen Zweifel. Ich stand einfach nur auf meinem Schreibtisch und wollte von dort zum Bett fliegen. Das wirklich Traurige an der Sache war dann gar nicht, dass ich nicht fliegen konnte – das Traurige war, dass ich doch nichts Besonderes war.

»Also, du hast mich im Grunde nur angerufen, um mir zu sagen, dass es mit uns vorbei ist?«

»Ja.« Wenigstens klang seine Stimme übers Festnetz nicht mehr so weit weg. »Aber wir können Freunde sein, wir können auch miteinander schlafen, ich will nur nicht mehr diese Verantwortung. Ich brauche einen Neuanfang. Ich muss alles ändern. Ich habe keine Ahnung, was wird. So war das noch nie in meinem Leben. Ich weiß gar nichts mehr.«

»Tom. Ich habe schon verstanden, dass wir gerade nicht zusammen sind. Aber ich weigere mich, irgendeine große Entscheidung von dir im Moment ernst zu nehmen. Tut mir leid, aber das mache ich nicht. Du kümmerst dich jetzt erst mal um deine Mutter. Und alles Weitere sieht man dann.«

»Okay«, sagte er nach kurzem Schweigen, sanft. »Vielleicht ist es genau das, was ich hören musste.«

Bedeutete das, dass er mir recht gab? Bei ihm waren im Hintergrund Geräusche zu hören.

»Ich muss aufhören«, sagte er. »Es war schön, mit dir zu sprechen. Pass auf dich auf.« Es knackte in der Leitung, und er war weg.

Ich schnippte den Zigarettenstummel in den Hof. Im gegenüberliegenden Gebäude war ein Fenster hell erleuchtet. Es war also noch jemand wach mitten in dieser Nacht.

Ich träumte, dass Toms Mutter gestorben sei. Er war zurück in München. Wir trafen uns in unserem Lieblingslokal. Seine Haare waren ganz kurz. Wir saßen vielleicht eine Stunde zusammen, und ich hatte das Gefühl, dass wir uns nahe waren. Dann stand er plötzlich auf. »Tut mir leid«, sagte er, »aber ich kann das nicht. Ich weiß, du meinst es nur gut, aber ich muss alleine sein.« Er legte Geld auf den Tisch, drehte sich um und ließ mich dort sitzen.

»Ich glaube nicht, dass er sich von dir trennen wollte«, sagte Roni, bei der ich mich inzwischen entschuldigt hatte, als ich sie zum Mittagessen traf.

»Aber er hat extra deswegen angerufen«, sagte ich. Ich war unser Telefonat in Gedanken seither so oft durchgegangen, dass ich es Wort für Wort aufsagen konnte – wie ich es soeben für Roni getan hatte.

»Der hat gerade so viel um die Ohren, wahrscheinlich will er sich einfach von jeder Verantwortung befreien, aus der er irgendwie rauskommt«, sagte sie. »Ich glaube, du hast total richtig reagiert. Das hat ihn bestimmt entlastet.«

»Meinst du?«

»Meine ich.«

Und dann sagte sie, dass sie mir auch etwas zu erzählen habe: Der Vater ihrer Kinder habe sich in eine viel jüngere Frau verliebt. Sie hatte eben so fröhlich gewirkt, jetzt war sie den Tränen nahe.

»Ach Gott, Roni, das tut mir so leid. Ich hätte dich fragen sollen, wie es dir geht. Die ganze Zeit sitzen wir hier, und ich spreche nur über mich.«

Sie legte eine Hand auf meinen Arm. »Aber Jessica, du sprichst eigentlich überhaupt nicht von dir. Alles, worüber du sprichst, ist Tom.«

Es war ein heißer Sommertag, und es war eine heiße Sommernacht. Ich verbrachte sie mit Freunden auf einer Dachterrasse. Gegen vier Uhr ging die Sonne auf und tauchte den Himmel in flammende Pinktöne. Als ich nach Hause ging, waren die Menschen auf der Straße schon auf dem Weg zur Arbeit. Ich fühlte mich, als hätte ich etwas Großes erreicht. Etwas, das ich auf meine Liste hätte setzen sollen: eine ganze Nacht Spaß ohne protestantisches Schuldgefühl. Und ich hatte es ohne Tom geschafft.

»Wo ist denn Ihre ängstliche kleine Stimme geblieben?« Frau von Beuys strahlte mich an. »Sie haben also entschieden, glücklich zu sein, das ist wunderbar. Und, ja, ich glaube, dass das etwas ist, was man entscheiden kann.« Sie musterte mich von Kopf bis Fuß. »Sie sehen wunderschön aus, wenn Sie mir dieses Kompliment gestatten. Ganz stark und von innen leuchtend. Ich krieg ja schon gute Laune, wenn ich Sie nur ansehe.«

Dieses Mal sprach sie allgemeiner über Tom und mich. Wir würden wohl nie eine konventionelle Beziehung führen, aber das, was wir hätten, könne gut und gerne dreißig Jahre halten. »Aber wir haben ja nichts«, wandte ich ein, »wir haben ja noch nicht mal mehr Kontakt.«

»Aber er spürt, wie es Ihnen geht. Und das entlastet ihn sehr.«

»Wie soll er denn das bis nach New York spüren?«

»Na, ich spüre doch auch bis nach München, wie es ihm geht. Jetzt machen Sie sich mal keinen Kopf. Sie beide haben eine ganz starke Verbindung.«

Ich erinnerte sie daran, dass er sich möglicherweise von mir getrennt hatte. »Ja, genau«, sagte sie und verdrehte die Augen. »Sie haben eine wunderschöne Rolle in seinem Leben.«

Aus heiterem Himmel eine Textnachricht von Tom:

»Missing you.«

Und auf einmal war mein Sommer schön.

Meine Mutter rief an und erzählte, dass sie und mein Vater für drei Wochen ein Ferienhaus in der Nähe von Nizza gemietet hatten. Offenbar war es ein großes Haus mit vielen Gästezimmern, und sie fragte, ob ich sie nicht für eine Woche besuchen wolle. »Oder ist dir das zu viel Eltern?« Ich sagte aus Gewohnheit nein, fast automatisch, doch nachdem wir aufgelegt hatten, dachte ich noch mal nach. Wenn ich Tom so für das innige Verhältnis bewunderte, das er zu seinen Eltern hatte, wie konnte ich dann eine solche Einladung ausschlagen? Also rief ich zurück und sagte meiner Mutter, dass ich es mir anders überlegt hätte. Sie war so glücklich darüber, dass ich es auch war.

Ein paar Tage später landete ich in Nizza. Auf demselben von Palmen gesäumten Flughafen, auf dem ich acht Wochen zuvor mit Tom gelandet war. Ich wartete am selben Gepäckband, und als ich mit meinem Koffer durch die Ankunftshalle lief, sah ich denselben Mann hinter dem Tisch der Autovermietung sitzen, der uns damals die Schlüssel ausgehändigt hatte. Ein großer Blonder mit Pferdeschwanz und winziger Nase. Meine Eltern riefen mehrere Male an, um mich darüber zu informieren, dass sie sich verspäten würden. Sie hatten sich in den vielen Einbahnstraßen und dem sinnlosen Kreisverkehr rund um den Flughafen verirrt. Ich wartete vor dem Eingang. Direkt gegenüber dem mehrstöckigen Parkhaus, in dem wir damals unseren Mietwagen abgeholt hatten. Nur die Sonne brannte jetzt stärker.

Als sie schließlich kamen, sollte ich ganz schnell einsteigen, weil mein Vater Angst hatte, sonst einen Strafzettel zu bekommen. Es war nicht einmal genug Zeit für eine Umarmung. Während der halbstündigen Fahrt redeten wir nicht viel. Dafür lief das Radio, ein Sender, auf dem die ganze Zeit gesprochen wurde.

Meine Mutter hatte mir das Haus als modern beschrieben. Ich hatte mir darunter etwas mit Flachdach vorgestellt, etwas Weißes, mit viel Glas. Aber mein Vater parkte den Wagen vor einem traditionell aussehenden Steinhaus mit Giebeldach. Es war im gleichen cremigen Terrakotta-Ton gestrichen wie alle anderen Häuser in der Gegend. Offenbar hatte sie mit modern einfach das Entstehungsjahr gemeint. Es lag oben auf einem Hügel. Von der Terrasse aus hatte man einen Panoramablick über ein grünes Tal. Ich nahm an, dass es dasselbe Tal war, das Tom und ich von unserem Hotelzimmerfenster aus gesehen hatten, nur von der anderen Seite, und versuchte, zwischen den Zypressen in der Ferne unser Hotel auszumachen. Meine Mutter schwor, dass ganz hinten am Horizont das Meer zu sehen sei. »Schau, da, siehst du die Hochspannungsmasten? Dazwischen diese gerade blaue Linie, das ist das Meer.« Aber sosehr ich mich auch anstrengte, alles, was ich sah, waren zwei Hochspannungsmasten.

Sie hatten mir ein Bett in einem der Zimmer im ersten Stock zurechtgemacht. Sie hatten dafür extra Bettwäsche gekauft, man sah noch, wie es in der Verpackung gefaltet gewesen war. Sie selbst schliefen im Erdgeschoss in einem Raum, in dem es dunkel und stickig war, weil sie nie das Fenster aufmachten, aus Angst vor Mücken. Meine Mutter war trotzdem am ganzen Körper von Stichen übersät. »Ich habe eben süßes Blut«, sagte sie und klang ein wenig stolz. Sie hatten an meine Gluten-Unverträglichkeit gedacht, da sie aber nicht genau wussten, was Gluten war, hatten sie sich nicht getraut, für mich einzukaufen. Also aßen wir am ersten Abend auswärts, in einer Brasserie auf einem Platz. Wiederholt versicherten sie mir, dass es dort bei ihren früheren Besuchen sehr charmant gewesen sei, doch an unserem Abend trat eine Band auf und spielte fürchterlich laut Achtziger-Jahre-Hits.

Nachts rauchte ich noch eine Zigarette auf dem kleinen Balkon vor meinem Zimmer. Von dort aus rief ich Tom an. Vermutlich hatte mich seine letzte Nachricht ermutigt. Wenn er mich vermisste, würde er sich dann nicht freuen, von mir zu hören? Als seine Mailbox dranging, legte ich auf.

Gegen Mittag des nächsten Tages war ich zuversichtlich, dass die Woche mit meinen Eltern schön werden würde. Mein Vater schwamm täglich mehr als vierzig Bahnen im Pool, meine Mutter ging auch oft hinein, aber nur so, ich ließ nur meine Füße reinhängen. Wir fuhren zu einem großen Supermarkt, den wir vollbeladen mit französischen Spezialitäten wieder verließen. Meine Eltern waren überrascht zu hören, dass Reis kein Gluten enthält, und zum Mittagessen machte ich Risotto mit Pilzen. Es war das erste Mal überhaupt, dass ich für meine Eltern kochte. Als wir die Teller abspülten, traute sich meine Mutter endlich, nach Tom zu fragen. Ich sagte ihr, dass er immer noch in New York sei und dass ich nicht wisse, ob wir überhaupt noch zusammen seien. Im Moment eher nicht. »Die rechnen damit, dass seine Mutter in den nächsten Wochen stirbt.«

»Ach, das ist aber schrecklich traurig«, sagte sie. »Der arme Tom, das muss sehr schwer sein für ihn.«

Sie selbst hatte ihre Mutter verloren, als sie nur vier Jahre älter war als er. Wir waren alle dabei gewesen, als es passierte, die ganze Familie. Nach dem Mittagessen – es hatte Tafelspitz gegeben – war meine Großmutter auf die Terrasse gegangen, um dort die Wäsche aufzuhängen. Sie erlitt einen Gehirnschlag, fiel ins Koma, und am nächsten Morgen war sie tot. Ich war elf Jahre alt. Ich glaubte noch an Gott und verhandelte die ganze Nacht mit ihm. Wenn er meine Großmutter am Leben ließe, würde ich weiter an ihn glauben, das war mein Deal. Viele Jahre später sollte mein Großvater ein Bild finden, das ich in jener Nacht gemalt hatte, mit den Wachsmalkreiden, die meine Großmutter immer für uns Enkel kaufte. Ich konnte mich nicht daran erinnern. Offenbar hatte ich es in ihrem Bücherregal versteckt. Er schickte es mir. Es zeigte einen winzigen Mann, der, die Hände zum Gebet erhoben, vor einem riesigen, böse aussehenden Vogel kniet.

Schnell hatten meine Eltern und ich eine tägliche Routine entwickelt. Die Vormittage verbrachten wir am Pool. Nach dem Mittagessen lasen wir oder spielten Scrabble. Meine Mutter verliert ungern, auch wenn sie das natürlich nie zugeben würde, und ich ließ sie jedes Mal gewinnen. Am Abend kochten wir zusammen. Wir aßen auf der Terrasse, meine Mutter wegen möglicher Mücken vorsichtshalber in mehrere Schichten Handtücher gewickelt. Danach ging sie ins Bett, während mein Vater und ich noch ein paar Folgen einer Fernsehserie guckten, die ich auf meinen Computer geladen hatte. Es ging um zwei Detektive, die versuchten, einen Serienmörder zur Strecke zu bringen. Was sie allerdings die meiste Zeit über taten, war fluchen. Ich lag schon im Bett, als eines Nachts spät mein Telefon klingelte. Mein Display zeigte eine New Yorker Nummer an.

»Tom?«

»Jessica.«

»Wie geht es dir?«

»Wie geht es *dir*?« Er klang müde.

»Gut, mir geht's gut. Ich bin gerade in Südfrankreich.«

»In Südfrankreich?«

»Ja, mit meinen Eltern, für eine Woche. Es ist gar nicht so weit weg von da, wo wir waren.«

»Das klingt schön.«

»Wie geht's deiner Mutter?«

»Ach, sie ist kaum noch bei Bewusstsein. Sie ist auf Morphium, meistens kriegt sie gar nicht mehr mit, was gerade passiert.

Das ist vielleicht auch das Beste für sie.« Er sprach so leise, dass er kaum zu verstehen war. Ich stand auf und ging auf den Balkon. Der Mond war voll oder ganz kurz davor. Er war tief gelb, fast schon orange, und schien viel näher an der Erde als sonst. Es war fast beängstigend, wie groß er war. Ob er in sechs Stunden über New York genauso aussehen würde?

»Und wie geht es dir?«, fragte ich.

»Gut«, sagte er. »Na ja … Mir geht's okay. Ich verlasse so gut wie nie das Haus. Eigentlich …« Eine Pause entstand. »Ach«, sagte er dann in einem Ton tiefster Erschöpfung. »Jessica ist schwanger von Erik, ihrem Freund.«

Da war sie schon wieder, wir hatten noch nicht einmal eine Minute telefoniert.

»Aha.«

»Ja«, sagte er, als fühle er sich verstanden.

»Und? Ist das eine schlechte Nachricht? Freust du dich nicht für sie?«

»Doch«, sagte er schnell. »Doch, natürlich. Aber du weißt ja, wie wichtig sie mir ist. Na ja, und jetzt ist sie schwanger. Außerdem hat sie mich total hängenlassen. Sie hätte für mich da sein sollen, und sie hat mich im Stich gelassen. Das war hart.«

Ich hörte ihm zu, während ich gleichzeitig versuchte, die neue Information zu verarbeiten.

Tom erzählte, dass er inzwischen schon nachmittags mit dem Trinken anfange. Und dass er sich überhaupt nicht wiedererkenne. Es würde ihm zum Beispiel nicht einmal mehr Spaß machen, gut zu essen. Und es gebe noch etwas, das ihm keinen Spaß mehr machen würde.

»Und das wäre?«

»Sex.«

»Aha.« Na toll. »Und woher weißt du das?«

»Ich hab's vor kurzem ausprobiert. Es hat mir keinen Spaß gemacht.«

»Aha. Und du glaubst wirklich, dass ich die Person bin, der du das erzählen solltest?«

»Entschuldige. Du hast recht, es tut mir leid.«

Ich schwieg.

»Aber du könntest auch versuchen, es positiv zu verstehen. Ich meine, ich hatte Sex mit jemandem, der nicht du war, und es hat mir keinen Spaß gemacht.«

»Aber so hast du es nicht gesagt, und ich hab keine Lust, dir jetzt den Gefallen zu tun, es im Nachhinein in ein Kompliment zu verwandeln.«

Er sagte, das könne er verstehen.

»Und du hast noch nicht mal irgendetwas Nettes über mich gesagt, nichts, kein einziges Wort.«

»Dann sage ich dir jetzt, dass ich dich vermisse. Und dass du mich so wahnsinnig positiv überrascht hast in der letzten Zeit.«

»Wie meinst du das?«

Er war so lange still, dass ich schon dachte, die Leitung wäre unterbrochen.

»Ich meine, wie du für mich da warst, wie du mich unterstützt hast, ohne dass es dabei um dich ging.«

Er hatte es also bemerkt.

Dann erzählte er noch, dass Claudius ihn gerade fürs Wochenende besucht habe. Sie hätten eine richtig gute Zeit gehabt. Er sei nur seinetwegen gekommen. Wirklich, sein bester Freund.

Als wir auflegten, war der Mond blutrot.

Ich träumte von ihm in dieser Nacht. Wir waren in einem zugigen Treppenhaus, das von flackernden Neonröhren beleuchtet war. Es surrte jedes Mal, wenn sie an- und ausgingen. Seine Mutter lag auf dem Boden in einem blauen Plastiksack, dessen Reißverschluss noch offen war. Um sie herum war alles voller Blut. Ihr Brustkorb war offen, unablässig quoll Blut heraus, sie lag in einer Lache aus ihrem eigenen Blut. Sie hatte die Augen offen. Tom kniete neben ihr. Mit einem Arm stützte er ihren Oberkörper, mit der anderen Hand umklammerte er ihr Herz. Es pochte in seiner Hand. Er hielt es immer noch, als es aufhörte zu pochen.

Am Ende der Woche war ich ziemlich braun geworden. Ich hatte alle Bücher gelesen, die ich mitgebracht hatte. Meine Mutter hatte etliche weitere Partien Scrabble gewonnen. Und mein Vater und ich hatten die gesamte erste Staffel der Serie geschafft und fügten *fuck*, *fuckin'* und *motherfucker* in nahezu jeden Satz ein, den wir miteinander sprachen, was umso erstaunlicher war, als er, solange ich ihn kannte, immer streng darauf geachtet hatte, dass niemand in seiner Gegenwart fluchte. Wir schwiegen immer noch manchmal, aber es war nicht mehr unangenehm, sondern geschah in kollektivem Einverständnis. Als wir uns am Flughafen in Nizza zum Abschied umarmten, fühlte ich Dankbarkeit. Es war, als hätte ich zwei neue Freunde gewonnen.

Toms Mutter starb.

Ich erfuhr es durch eine Rundmail, die er an seine Münchner Freunde schickte. Sie sei friedlich in ihrem Bett gestorben, schrieb er – »long story short, ich bin bald wieder da«.

Es war immer noch Sommer. Frau von Beuys hatte nicht recht gehabt.

Am Abend desselben Tages traf ich auf einer Party einen alten Freund von Tom, ebenfalls Musiker, ebenfalls Amerikaner. Wir waren uns noch nie begegnet, trotzdem erkannten wir uns sofort. »So nett, dich endlich kennenzulernen«, sagte er, nachdem wir uns über die traurige Neuigkeit aus New York ausgetauscht hatten. »Ich mache mir manchmal Sorgen über die Dynamik zwischen Tom und Claudius«, sagte er dann, und ich war überrascht, weil es so vollkommen ohne Zusammenhang war. Er ließ eine Pause, um mich fragen zu lassen, warum. »Weil sie eine tödliche Kombination sind. Ich sage das Tom oft, aber er will nichts davon wissen.«

»Was meinst du damit?« Ich war mir nicht sicher, ob ich die Antwort eigentlich hören wollte.

»Mir kommt es vor, als ob Claudius Toms jugendliche Energie und seinen Charme aussaugt, um an Frauen ranzukommen. Wie ein Vampir. Versteh mich nicht falsch, ich schätze Claudius sehr und ich bewundere ihn unendlich als Komponisten, beide für sich sind hinreißende Menschen, es ist einfach nur, dass ihre Gesellschaft keinem von beiden guttut. Außerdem nehmen sie zu viel Kokain.«

Frauen, was für Frauen?

»Aber die verstehen sich halt einfach sehr gut«, sagte ich, vielleicht eine Spur zu munter.

»Natürlich«, sagte er, »sie sind tolle Menschen, keine Frage, nur bringen sie gegenseitig ungute Dinge in sich hervor. Ungesunde Dinge.« Er klopfte mir aufmunternd auf den Rücken. »Du solltest Tom eine gute Freundin sein, wenn du meinen Rat hören willst«, sagte er. »Sei ihm einfach eine Freundin.«

Vielleicht war ich ein bisschen betrunken. Vielleicht war ich müde. Vielleicht lag es daran, dass es ein enger Freund von Tom war, der mir nahelegte, dass eine romantische Beziehung zu Tom keine gute Idee sei. Jedenfalls hatte ich in dieser Nacht zum ersten Mal eine Ahnung davon, wie es sich anfühlen würde, wenn ich tatsächlich meine Hoffnung aufgäbe. Vor dem Einschlafen versuchte ich mir vorzustellen, was in meinem Leben mir auch ohne Tom Spaß machen würde. Ich gab mir wirklich Mühe. Ich machte sogar das Licht an und holte mir einen Stift und Papier. Aber zu meinem Entsetzen fiel mir keine einzige Sache ein.

Am nächsten Abend ging ich mit Roni zu einer Vernissage im Kunstverein. Unter den Arkaden im Hofgarten standen viele Leute, die wir kannten, und wir gingen nur kurz rein, um uns die Ausstellung anzusehen. Auf Videoleinwänden wälzten sich lavalampengleich blubbernde Farbflächen hin und her. Dazu kamen Vogelstimmen vom Band. Es gab Cocktails, die farblich auf die Kunst abgestimmt waren. Ich nahm den grünen Drink, irgendetwas mit Gurke, Roni den gelben. Draußen war sie dann die meiste Zeit am Telefon. Sie wollte den Vater aus der Schule ihrer Kinder dazu überreden, noch zu uns zu stoßen, doch das war offenbar kompliziert. In letzter Zeit schien sein Interesse an ihr nachgelassen zu haben. Er rief nicht mehr jedes Mal zurück, sagte Verabredungen mit der Begründung ab, müde zu sein, und vor kurzem hatte ihn eine Freundin von uns zusammen mit seiner Exfrau im Biomarkt gesehen. Auf einmal interessierte Roni sich für keinen anderen Mann mehr, auch die neue Beziehung des Vaters ihrer Kinder war ihr egal – sie hatte ziemlich abgenommen und bildetet sich ein, alt, faltig und hässlich zu sein.

Ich stand alleine etwas abseits, als ich plötzlich in der Menge ein Gesicht erkannte. Die andere Jessica. Sie unterhielt sich gerade und hatte mich noch nicht gesehen. Ich war nicht einmal sicher, ob sie mich überhaupt erkennen würde. Sie trug ein locker fallendes rotes Kleid und wirkte wie ein Fremdkörper inmitten des aufgekratzten Publikums, als sei sie die einzige Erwachsene unter lauter Teenagern.

Vielleicht hatte es eine Zeit gegeben, in der sie glaubte, dass sie eines Tages mit Tom ein Kind haben würde. Wie war es wohl für sie, jetzt von einem anderen schwanger zu sein? Wie war es überhaupt je für sie gewesen, die Frau an seiner Seite zu sein? Nachts in ihrer gemeinsamen Wohnung im Bett zu liegen, während er noch um die Häuser zog? Ich musste daran denken, wie er mir damals auf dem Fahrrad nachgekommen war, als nur meine Wohnung für einen Dreier in Frage kam. In diesem Moment sah sie zu mir. Sie erkannte mich sofort. Sie lächelte, ein warmes Lächeln. Ich lächelte zurück. Zwischen uns standen viele Menschen, aber wir lächelten uns über sie hinweg an und hielten den Blick lange, viel länger, als es normal gewesen wäre.

Ich musste mich einer kleinen Operation unterziehen, nichts Ernstes, aber es würde unter Vollnarkose geschehen. Ich hatte schon Vollnarkosen gehabt, unter anderem auch nach den Fehlgeburten. Es hatte mir nie etwas ausgemacht, ich hatte nie auch nur eine Sekunde darüber nachgedacht. Diesmal war es anders. Diesmal hatte ich Angst zu sterben.

Der Anästhesist war ein sympathischer Mann in seinen

Fünfzigern, mit einem sorgenvollen Gesicht und einem vertrauenerweckenden Lächeln. Er erinnerte mich an einen Polizisten, den ich einmal in Norwegen getroffen hatte und der mir half, die Akten eines Doppelselbstmordes zu übersetzen, über den ich recherchierte. Bei unserer Verabschiedung hatte er zu mir gesagt: »Have a wild life.« Ich hatte das immer einen so merkwürdigen Wunsch gefunden, an jemanden, der gerade einen Doppelselbstmord untersucht.

Ich sagte dem Anästhesisten, dass ich Angst hatte, ich könne sterben.

»Machen Sie sich keine Sorgen«, sagte er, »das ist wirklich keine große Sache.«

Ich fragte ihn, wie das Narkotikum hieß, das er benutzen würde.

»Propofol. Das ist dasselbe, das Michael Jacksons Arzt ihm als Schlafmittel verabreicht hat.«

»Aber dann *ist* es tödlich.«

»Es kann tödlich sein.« Er klang ein wenig stolz. »Aber nur, wenn man eine zu hohe Dosis verabreicht.«

»Aber Sie wissen genau, welche die richtige Dosis für mich ist?«

Als er mir nun im Detail erklärte, wie er vorgehen würde, meinte ich einen feinen osteuropäischen Akzent aus seinem Deutsch herauszuhören. »Es ist wirklich sehr präzise«, sagte er abschließend. »Wenn ich aufhöre, Propofol in Ihre Vene zu injizieren, wachen Sie zehn Minuten später auf.«

»Was für einen merkwürdigen Beruf Sie haben. Herr über Leben und Tod.«

In meinem Arm steckte eine Nadel, an der ein dünner Schlauch hing, der irgendwo hinter meinen Rücken hinführte. Der Anästhesist nahm meinen Puls und schien zufrieden mit dem Resultat. Er bereitete den Schlauch vor, den man mir in meinen Hals stecken würde, wenn das Narkotikum seine Wirkung tat. Der Schlauch würde dafür sorgen, dass ich weiter ein- und ausatmete, wenn ich selbst das nicht mehr bewerkstelligen könnte, erklärte er.

»Es kann sein, dass Sie gleich ein kleines Brennen in Ihrer Hand spüren«, sagte er.

»Ja, spüre ich. Jetzt brennt es ein bisschen.« Ich fand Trost in jedem einzelnen Wort, das ich noch aussprechen konnte. »Jetzt höre ich so ein Rauschen. Ist das normal?«

Die Männerstimme, die ständig dasselbe sagte, störte mich. Sie wurde auch immer lauter. »Hallo, hallo, können Sie mich hören?« Ich gab ein kleines Geräusch von mir.

»Wissen Sie, wo Sie sind?«

»Hm.« Warum konnte er mich nicht einfach in Ruhe lassen ich hatte gerade so schön geschlafen.

Dann plötzlich wusste ich, ich hatte die Operation hinter mir.

»Wissen Sie, wo Sie sind?«

Nach einer Weile gelang es mir zu sagen, dass ich annahm, ich sei im Aufwachraum.

»Ihr Bruder ist hier, um Sie nach Hause zu begleiten.«

»Ja, aber das geht leider nicht.«

»Warum?«

»Weil ich so müde bin.«

»Ja das ist so, das ist vollkommen normal«, sagte die Männerstimme.

Warum hatte er dann gefragt?

Ich hörte eine zweite männliche Stimme. Es dauerte einen Augenblick, bis ich erkannte, dass es die meines Bruders war.

»Hallo.«

»Hallo«, sagte mein Bruder.

»Wie spät ist es?«

»Kurz nach sieben.«

»Schon?«

»Die haben gesagt, dass es länger gedauert hat, als sie dachten, und dass es kompliziert war.«

»Oh.«

»Ich bin schon länger als eine Stunde hier, aber das macht nichts, ich habe Zeit.«

»Es war kompliziert?«

»Das haben sie gesagt.«

»Wie gut, dass ich nicht dabei war.«

Ich hörte ihn lachen.

Irgendwann gelang es mir, mich aufzusetzen. Es gelang mir sogar zweimal, da ich mich dazwischen noch einmal hinlegte. Den Kopf gegen die Knie gelehnt, döste ich, bis der Anästhesist kam und mir einige Fragen stellte, die ich zu seiner Zufriedenheit beantwortete. Inzwischen war ich vollkommen wach, ich wollte nur meine Augen nicht öffnen. Als ich es schließlich tat, fand ich mich in einem fensterlosen kleinen Raum. Mein Bruder saß auf einem Stuhl vor der Wand. Jemand hatte mir die Schuhe ausgezogen. Sie standen vor meiner Liege auf dem Boden. Ich zog sie an. Sehr schwach, aber zweifelsfrei am Leben folgte ich meinem süßen kleinen Bruder durch die Tür, durch die Praxis, in den Aufzug, aus dem Gebäude hinaus, über die Straße, in sein Auto, nach Hause.

Mein Hals kratzte etwas, von dem Schlauch, nahm ich an.

Mein Bruder schlug vor, Eis zu kaufen und es bei mir zu essen. Als wir an meinem Tisch saßen, unterzogen wir meine Küche gemeinsam einem prüfenden Blick. Das billige Holzregal, in dem sich Teller, Gläser und Becher stapelten. Die zwei an die Wand genagelten Bretter, auf denen alles Mögliche stand, Tee, Gewürze, Nudeln, Reis und so weiter. Den überladenen Spülschrank und die Pfannen und Topflappen, die darüber an der Wand hingen. Den winzige Herd. Den Kühlschrank, den ich von einer Freundin geerbt hatte, als diese in eine Wohnung mit Einbauküche umgezogen war. Es sah aus wie das reinste Chaos, das fanden wir beide. Aber irgendwie hatte es Charme. Und in diesem Moment beschloss ich, dass ich es so mochte, wie es war.

Ein paar Tage später:

»Jessica, bin nächste Woche wieder da. Abendessen am Mittwoch? It's been a while. Ich freue mich auf dich. Tom.«

TEIL DREI

EINE FLASCHE GEKÜHLTEN Rosé in der Hand, wartete ich auf den gläsernen Aufzug. Irgendjemand hatte ein weißes Anarcho-A an die Hauswand gesprüht. An der Unterseite des Kreises war die Farbe verlaufen, es hatten sich Tropfen gebildet, die auf dem dunklen Beton glänzten wie nass. Ich fasste hin, aber sie waren trocken.

Seit mehr als zehn Wochen war ich nicht hier gewesen. Die Sauna war kleiner, als ich sie in Erinnerung hatte, und hatte ich je zuvor die Bäume im Hinterhof bemerkt? Jetzt waren sie nicht zu übersehen, wie sie da standen in sattestem Grün. Es war ein heißer Tag gewesen, und jetzt, kurz nach acht Uhr abends, hielt sich die Sonne immer noch am Himmel auf.

Ich nahm die Kopfhörer aus den Ohren und stopfte sie in meine Tasche. Ich hörte neuerdings vor allem alten Disco, triumphierende Songs mit Texten, die die Magie der Liebe heraufbeschworen und die Schönheit der Welt. Der Aufzug kam, ich tippte den Code ein – Tom hatte mir den neuesten geschickt –, und schon entfernte sich der Boden geräuschlos unter meinen Füßen.

An einem der Schreibtische in Claudius' Studio saß eine Frau, die ich noch nie gesehen hatte. Sie blickte nur kurz auf und starrte dann wieder auf ihren Bildschirm. Ich ging hinauf in Toms Wohnung. Das Esszimmer sah aus, als wäre die Putzfrau gerade da gewesen oder als wäre es seit langem unbenutzt. »Tom?« Ich ging noch ein Stockwerk weiter nach oben, vielleicht war er auf der Terrasse. Aber die Terrasse war leer. Es war niemand in Claudius' Wohnung, das war zu spüren, ohne dass man sich umsehen musste. Ich legte meine Tasche auf den weißen Lacktisch und stellte die Flasche ab. Das Apartment kam mir verändert vor, obwohl alles so war, wie ich es kannte, auch die Küche penibel sauber wie immer. (Arbeitsplatte aus Stein, silberne Geschirrspülmaschine, weiße Regale an der gegenüberliegenden Wand, teils offen, teils mit Schubfächern.) Aber alles sah größer aus, alles bis auf den Flügel, der auf einmal nicht mehr so imposant erschien, er glänzte auch weniger, und der Hocker davor sah mit seinem gewöhnlichen Lederpolster fast ein wenig schäbig aus. Vielleicht lag es daran, dass ich nicht oft bei Tageslicht hier gewesen war, und jetzt war es so hell, dass man vor den Fenstern Staubpartikelchen in der Luft schweben sah. Etwas berührte mich am Knöchel. Die Katze. Schon schnurrte sie und sah mit ihren blassen Augen zu mir auf.

»Hallo Katze, lange nicht gesehen.« Ich bückte mich, um sie am Kopf zu streicheln. Bei der ersten Berührung hörte sie auf zu schnurren und huschte geräuschlos fort.

Ich ging wieder hinunter. Ich sah in Toms Schlafzimmer. Es wirkte genauso unbewohnt wie sein Esszimmer, das Bett war akkurat gemacht. Im Regal sah ich zwischen zwei Büchern einen kleinen gelben Post-it-Zettel hervorragen. Ich nahm an, dass es der war, den ich nach der letzten Nacht, die ich hier verbracht hatte, auf seinem Tisch gelassen hatte. Oh Gott, diese schlimme Nacht. Ich hatte ewig nicht an sie gedacht. »Tom?« Keine Antwort. Vielleicht war er im Badezimmer?

Die Frau saß immer noch vor ihrem Bildschirm. »Wissen Sie, ob Tom irgendwo ist?« Sie deutete zur Fensterfront. Da war er, kam gerade mit dem Aufzug an. Er trug ein weißes

Hemd und enge gelbe Shorts, die aussahen wie eine Badehose. In der Hand hielt er eine Plastiktüte. Als er mich sah, lächelte er. Ich stand direkt vor ihm, als die Tür sich öffnete – und schon war ich in seinen Armen.

»Wolltest du gerade jemanden anrufen?«, fragte er belustigt, als er mich wieder losließ und das Telefon in meiner Hand sah. Ich dachte an den Morgen, an dem ich ihn für unsere Reise nach Auschwitz abgeholt hatte. Er beugte sich zu mir, um mich zu küssen, und musste meinen Seitenblick zu der Frau bemerkt haben, denn ohne etwas zu sagen, dirigierte er mich nun sanft in Richtung der Treppe, und wir liefen sie schnell hinauf.

Nicht mal eine Minute später war ich nackt. »Du bist braun«, stellte er fest. »Nice bikini line.« Er kniete sich vor mich, hielt mich an den Hüften und vergrub sein Gesicht zwischen meinen Beinen. Wie ich das vermisst habe, dachte ich, unsicher, was ich mit meinen Händen tun sollte. Ich stand nackt bei Tageslicht vor einem riesigen Fenster, in voller Sicht möglicher Nachbarn, aber ich habe nie verstanden, ob es eigentlich Nachbarn gab. Das Haus im Hinterhof mochte die ganze Zeit leer gestanden haben, ich hatte dort jedenfalls nie Licht gesehen. Schließlich griff ich ihm mit beiden Händen in die Haare, die er nun anders trug. Vorne länger, hinten und an den Seiten kurz.

»Hast du die Haare geschnitten?«

»Mmh«, machte er und zog seinen Kopf zurück. »Ich war bei dem Friseur meiner Mutter. Ich habe ihm gesagt, dass er machen soll, was er will. Gefällt's dir?«

»Es ist anders«, sagte ich.

Er hustete, ein trockener Raucherhusten. Dann stand er auf. »Komm, wir gehen nach oben.«

»So?«, fragte ich.

»Warum nicht? Keiner ist da. Claudius ist verreist.«

Ich ließ meine Kleider auf dem Boden, wo sie waren, und folgte ihm nach oben, wobei ich mir die Hände vor die Brüste hielt. Auch wenn niemand da war, fühlte ich mich unwohl dabei, im Hellen so ganz nackt herumzulaufen. »Du kannst dir ja ein Handtuch umbinden«, sagte Tom, ohne sich umzudrehen.

»Ah, du warst schon oben«, sagte er, als er meine Tasche auf dem Tisch liegen sah. »Und du hast Rosé mitgebracht, wie nett.«

Er nahm die Flasche und stellte sie in den Kühlschrank. »Warst du schwimmen?«, fragte ich und deutete auf seine Shorts. »Nein. Die sind aus Schweden. Hab ich neu. Die Schuhe auch.« Sie waren aus grauem Stoff und sahen wie Pantoffeln aus. »Claudius hat mich überredet, sie zu kaufen. Er fand, ich brauche Sommerschuhe. Er hat mich in New York besucht, hab ich das erzählt? Das war so nett.« Ich nickte. »Und ich lasse mir einen Bart wachsen«, sagte er. Erst jetzt bemerkte ich die paar Stoppeln unter seinem Kinn und auf seinen Wangen. »Gefällt es dir?«

»Ja«, log ich.

»Gut. Los, ins Bett.« Er nahm die große Stufe und steuerte zügig durch den großen Raum auf Claudius' Bett zu. *The master's bedroom*, dachte ich, als ich darauf zuging. Wir hatten es nie benutzt. Jedenfalls nicht, wenn Claudius nicht selbst darin lag.

Der Sex erinnerte mich an den letzten, den wir gehabt hatten, in meinem kleinen mondbeschienenen Gästezimmer in New York, auch wenn jetzt weniger Verzweiflung darin lag und vielleicht auch ein bisschen weniger Innigkeit. Aber erneut hatte ich den Eindruck, er wolle mich austrinken. Und seine

Berührungen wirkten gierig. Ich hoffte nur, dass er fand, wonach auch immer er suchte. Ich wollte ihm so gerne beweisen, dass er nicht recht gehabt hatte mit dem, was er mir am Telefon gesagt hatte, dass er keinen Spaß mehr an Sex habe.

»You again«, sagte ich lächelnd, als wir anschließend schweißnass nebeneinanderlagen, Gesicht an Gesicht. Ich war so froh, dass er wieder da war. Er gab dasselbe zurück, aber es klang ein wenig matt, als wolle er nur höflich sein.

Erst als er sich aufsetzte, sah ich seinen nackten Rücken. »Oh Gott«, entfuhr es mir. »Was ist denn passiert?« Sein gesamter Rücken war von breiten, dunkelrosa Streifen überzogen. Zwischen Schultern und Taille bildeten sie ein horizontales, an den Seiten scharf gezacktes Muster. Unter der rechten Achsel verlief das Muster auch vertikal, an dieser Stelle sah seine Haut aus wie ein fleischfarbenes Schachbrett.

»Was meinst du?«, fragte er.

»Dein Rücken.« Ich war wirklich schockiert. »Hast du dich verbrannt?«

»Ja«, sagte er, als wäre es gar nichts.

»Wie ist das passiert?«

»Ich bin in der Sauna hingefallen.«

»Das muss schrecklich wehgetan haben. Wann war das denn?«

»Als ich hier war, vor ein paar Wochen.«

»Und wie ist das passiert?«

»Ich bin hingefallen.«

»Ja, aber wie?«

Sein Tonfall wurde auf einmal ganz hart. »Meine Mutter lag im Sterben, ich hatte einen Riesenstreit mit der anderen Jessica und ich war total betrunken, also bin ich gestürzt.«

Glaubte er wirklich, dass mir nicht bewusst war, dass er nicht die allerbeste Zeit gehabt hatte? »Ich meinte eigentlich wie und nicht warum, aber ist ja auch egal.«

Er stand auf. »Ich bin auf den heißen Ofen gefallen. Wir sind gleich ins Krankenhaus. Die wollten mich über Nacht dabehalten, zwölf Prozent meiner Haut sind verbrannt. Aber ich wollte nicht bleiben, also sind wir wieder weg.«

»Aber es sieht echt schlimm aus.«

»Es wird mit der Zeit blasser werden. Es ist schon viel besser. Es tut nicht weh.«

Wieder war es, als habe er sich von einer Sekunde auf die andere von mir entfernt, als hätte ich mir unsere Nähe eben nur eingebildet.

»Ich habe Jakobsmuscheln gekauft. Und Speck. Und Bohnen«, sagte er, unterbrochen von einem neuerlichen Hustenanfall. »Ich gehe runter und hole die Tüte«, sagte ich und stand auf. Ich wollte ohnehin mein Kleid wieder anziehen. Ich war irgendwie nicht in Stimmung, den Abend in einem von Claudius' Handtüchern zu verbringen. Als ich wieder hochkam, fand ich Tom über Claudius' iPad gebeugt. Er suchte nach einem Rezept. Er suchte so lange, dass ich schließlich vorschlug, er solle einfach Jakobsmuscheln und Speck googeln, aber er bestand darauf, dass es ein Rezept aus der *New York Times* sein müsse. Ich nahm mein Telefon, suchte den Song, den ich bei meiner Ankunft unterbrochen hatte, und drückte auf Play. Als der Refrain zum zweiten Mal kam, sang Tom laut mit: »It's alright, alright, it's alright to love me. Oh oh love me. It's alright, alright, It's alright to love me. Oh oh love me.«

Das Essen war ausgezeichnet wie immer (er hatte tatsächlich ein *New York Times*-Rezept gefunden), und wir aßen an einem kleinen Gartentisch auf der Terrasse, den ich nie bemerkt hatte, der vielleicht zuvor auch nicht dort gewesen war. Irgendwann kam die Katze zu uns raus, strich ein paarmal um ein Stuhlbein und sprang dann in Toms Schoß. Er nahm kaum Notiz von ihr, vielleicht blieb sie deswegen so lange dort sitzen. Er fragte mich, wie München sich während seiner Abwesenheit verändert hatte. Er fragte es sogar zweimal, als wäre er Jahre fort gewesen und nicht bloß zehn Wochen. Mir fiel keine andere Antwort ein, als dass es Sommer geworden war. Er erzählte mir noch einmal, dass Claudius zu ihm nach New York geflogen sei. »Er ist nur wegen mir gekommen, das war so nett von ihm.« Dass auch ich seinetwegen nach New York geflogen war, schien ihm gar nicht in den Sinn zu kommen.

Es war längst dunkel, als ich schließlich den Tod seiner Mutter ansprach. Das Thema hatte in den Stunden zuvor wie eine Wolke über uns gehangen, und irgendwann hielt ich es nicht mehr aus, so zu tun, als wäre nichts passiert. »Warst du bei ihr, als sie gestorben ist?«, fragte ich.

»Nein.«

Er sagte es so kurz, dass ich annahm, er wolle nicht darüber reden. Aber dann sprach er, etwas stockend, weiter. »Ich war kurz draußen, um einmal um den Block zu gehen. Ich war nur ein paar Minuten weg, keine Ahnung, höchstens zehn. Als ich zurückkam, war sie tot.« Er zuckte mit den Achseln. »Vielleicht hat sie extra darauf gewartet, dass ich weggehe?« Mehr schien er dazu nicht sagen zu wollen.

Ich wechselte das Thema, suchte fieberhaft nach irgendetwas, das ich ihm über *meine* letzten zehn Wochen erzählen könnte. Aber ich wollte nicht, dass er wusste, wie unglücklich

ich selbst gewesen war, wie sehr er mir gefehlt hatte, weil es mir im Vergleich zu dem, was er durchgemacht hatte, so unendlich banal erschien. Also sprach ich über Leute, die wir beide kannten, meine Vollnarkose, Nichtigkeiten.

Mit all den ungesagten Dingen stockte unsere Unterhaltung bisweilen. Doch es fühlte sich gut an, mit Tom auf der Terrasse zu sitzen, und wir blieben, bis es zu kühl wurde. Dann hatten wir noch einmal Sex, vertrauter jetzt, fast routiniert. Wieder in Claudius' Bett, das sich noch immer fremd anfühlte, wie ein Hotelbett. Danach drehte mir Tom, der selbst beim Sex ein paarmal gehustet hatte, seinen versehrten Rücken zu und schlief auf der Stelle ein.

Mitten in der Nacht wachte ich auf und fand den Platz neben mir leer. Wo war Tom? Ich setzte mich auf. Ich entdeckte ihn schließlich im Dunkeln auf dem nackten Betonfußboden neben dem Bett. Es war ein unheimlicher Anblick. Er lag auf dem Rücken, nackt, beide Arme weit zu den Seiten ausgebreitet. Wie Jesus am Kreuz, dachte ich. Ich musste seinen Namen mehrere Male sagen, bis er aufwachte und ohne ein Wort zurück ins Bett kam. Wieder drehte er mir den Rücken zu, und nach wenigen Augenblicken hörte ich ihn regelmäßig atmen. Ich war hellwach jetzt und wäre am liebsten aufgestanden, vielleicht sogar weggegangen, weggelaufen, weil ich der Traurigkeit, die plötzlich über mich herfiel, im Liegen, im Ruhighalten nicht entkam. Aber ich zwang mich zu bleiben. Es heißt doch, dachte ich, während die Gedanken aus allen möglichen Richtungen auf mich einstürmten, dass jeder Mensch immer alles weiß. Dass man im Grunde auf alles die Antwort kennt. Ich lag im Dunkeln neben Tom, seinen verbrannten Rücken direkt vor meinen Augen, und versuchte, unter den Gedanken hindurchzuspüren. Und die Wahrheit war: Es war kein Platz mehr für mich in seinem Leben.

»Na, deine Schlafprobleme scheinst du jedenfalls überwunden zu haben«, sagte ich, als er am Morgen endlich aufwachte. »Du hast mehr als acht Stunden geschlafen.«

»Es hat wohl geholfen, dass du da warst«, sagte er freundlich und strich mir eine Haarsträhne aus dem Gesicht.

»Warum hast du eigentlich auf dem Boden geschlafen?«

Er sah mich fragend an.

Später zeigte er mir ein neues Haushaltsutensil, das er aus New York mitgebracht hatte, eine Küchenrolle in einer blauen Metallhalterung, schlicht und elegant. Sie benutzten sie für ihre Einkaufsliste. Er bat mich, zu übersetzen, was Claudius auf Deutsch notiert hatte. »Waschpulver« und »Spülmittel« war alles, was ich von der kleinen, steilen Handschrift entziffern konnte. Tom riss das Stück Papier ab und stopfte es in die Außentasche eines rechteckigen Hartschalenkoffers. Ein silbrig glänzendes Metallteil, das ich noch nie gesehen hatte.

»Ist das neu?«, fragte ich.

»Mein neuer Geigenkasten, made in Germany«, antwortete er mit einem stolzen Lächeln und schwang ihn sich über die Schulter, als wiege er nichts. »Kann ich tragen, oder?«

Ich nickte und vermisste insgeheim seinen alten Lederkasten, der so nett abgetragen gewesen war.

Er sprach auf einmal so viel über Stil. Er hatte sich immer gut angezogen und mit geschmackvollen, besonderen Dingen umgeben, aber er hatte nie darüber geredet, jedenfalls nicht mit mir oder nicht viel, und ich weiß gar nicht, ob er insgesamt mehr als drei Hemden besessen hatte, zwei weiße und ein schwarzes, und wenn man genauer hinsah, hatte man bemerkt, dass er sie schon sehr lange trug. Jetzt hatte er ein weißes Hemd mit Plisseefalten am Brustbereich an, das aussah wie für einen Opernbesuch. Und er redete von einem Ferrari, den er für seinen Vater und sich in New York kaufen wolle. Schokoladenbraun müsste er sein, die Sitze schwarz. Er hatte einen Inder angestellt, der Wilma zur Hand ging und sich um seinen Vater kümmerte. Bestimmt jemand, der für den Job bestens geeignet war, aber wie er davon erzählte, schien es das Wichtigste zu sein, dass er Inder war. Wie er es ja auch für erwähnenswert gehalten hatte, dass seine Shorts aus Schweden stammten. Er habe auch viele Möbel gekauft, erzählte er und fügte hinzu, dass es Stücke seien, die nicht jedermann habe. Einige davon würden gerade nach München verschifft, andere waren für das Haus seiner Eltern bestimmt.

»Aber hast du vor, wieder ganz zurückzugehen?« Er schüttelte den Kopf. »Aber ich werde in nächster Zeit sehr viel dort sein, ich werde hin- und herpendeln.« Er wollte für seinen Vater da sein.

Tom war der Alleinerbe seiner Mutter und hatte damit zum ersten Mal in seinem Leben Geld. Natürlich war er auch vorher in schicke Restaurants gegangen und hatte teure Anzüge getragen, aber in der Regel hatte er sich einladen lassen, und die Anzüge hatte ihm seine Mutter gekauft. »Ich bin der reichste arme Mann der Welt«, hatte ich ihn mehr als einmal fröhlich sagen hören. Jetzt schien es andersherum.

Bevor wir das Haus verließen, standen wir noch ein bisschen auf der Terrasse und unterhielten uns. Es war ein sonniger Morgen, die Luft roch wie frisch gewaschen. Irgendwie kamen wir auf das Thema Schwangerschaft. Ich hatte ihn gefragt, ob das in der Hochschule kein Problem gewesen sei, mit seiner langen Abwesenheit. »Nein. Es waren ja sowieso Semesterferien, und dann hat Jessica meine Stunden übernommen, wofür ich ihr ewig dankbar sein werde. Ein Problem ist allerdings, dass sie so durcheinander ist wegen ihrer Schwangerschaft.«

»Wie schwanger ist sie denn?«

»Gerade über den Zeitpunkt, an dem man noch etwas hätte unternehmen können.«

Es entstand eine Pause. »Aber warum ist sie durcheinander?«, fragte ich.

»Weil sie schwanger ist?«

»Ja, aber warum durcheinander?«

Er zuckte mit den Achseln. »Ich glaube, so ist das eben, wenn man schwanger ist.«

»Nein, so ist das nicht.« Ich sagte es so bestimmt, dass er sich überrascht zu mir drehte. Und dann erzählte ich es ihm.

Er sah mich erstaunt an. »Du hast zwei Fehlgeburten gehabt? Das wusste ich nicht.«

»Du hast nie gefragt. Außerdem kannten wir uns ja gar nicht so lange.«

»Stimmt«, sagte er. »Warst du sehr traurig?« In seiner Stimme lag ein so ehrliches Mitgefühl, dass ich es jetzt, in diesem Augenblick, war. Die Sonne hatte den Hof noch nicht erreicht, die Wipfel der Bäume waren noch im Schatten. Ich konnte Toms Blick immer noch auf mir spüren. »Aber was ich noch weiß, ist, dass ich wahnsinnig glücklich war, als ich schwanger war. Ich war wirklich absurd glücklich, die ganze Zeit.«

Es fühlte sich so gut an, ihm endlich davon zu erzählen.

Wir beschlossen, vor der Arbeit noch einen Kaffee trinken zu gehen. Er wollte mein Fahrrad für mich schieben, aber die Lenkstange war so niedrig, dass er sich bücken musste, deshalb schob ich es selbst. Ich sah unsere Spiegelung in einem Schaufenster, wie wir da nebeneinander liefen auf dem Weg ins Café, ich in meinem Kleid vom Vorabend, das etwas verknittert war, weil es die ganze Nacht auf dem Boden gelegen hatte, er in seinem schicken weißen Hemd, die Haare noch feucht vom Duschen, den Geigenkasten geschultert wie ein Sportgerät. Wir wirkten so unbeschwert irgendwie, als hätten wir Großes vor.

»Also dann gewöhne ich mich jetzt wohl besser nicht wieder an dich«, sagte ich.

»Nein«, sagte er. »Nein, auf keinen Fall. Ich will keine Freundin. Ich weiß gerade wirklich nicht viel über mein Leben, aber das weiß ich sicher. Ich will keine Freundin. Das ist so ziemlich das Einzige, was ich weiß.«

Ich hatte es ja gewusst. Trotzdem tat es weh.

»Komm, schau nicht so«, sagte er. »Du weißt doch, dass ich schon immer gestört war, was Beziehungen angeht. Aber jetzt, nach dem Tod meiner Mutter, bin ich noch gestörter. Ich will keine Verantwortung, für niemanden. Im Ernst, ich bin bereit, alle möglichen schrägen Sachen zu tun.«

Es klang so finster, wie er es sagte, als meine er *wirklich* schräge Sachen.

»Was meinst du damit?«

»Einfach, dass ich bereit bin, alle möglichen schrägen Sachen zu tun.«

»Wie, schräg?«

Er antwortete nicht.

»Und, nur damit ich es verstehe. Warum haben wir uns so schnell gesehen, warum haben wir miteinander geschlafen?«

»Komm, bitte, lass es jetzt nicht um Sex gehen.«

Pff, machte ich und schüttelte den Kopf.

»Ich sehe dich gerne. Wenn es nach mir ginge, würden wir uns auch weiter sehen. Einfach von Zeit zu Zeit, ohne jeden Druck.«

»Können wir uns kurz hinsetzen?« Wir liefen gerade an einem kleinen Mauersims vorbei.

»Wir können doch im Café sitzen.«

»Ich möchte jetzt sitzen. Mir ist nicht gut.«

Wir saßen eine Weile schweigend nebeneinander. Der Bürgersteig war mit Zigarettenstummeln und ausgetretenen Kaugummis übersät. Als ich das nächste Mal zu Tom sah, hatte er eine Sonnenbrille auf. Sie war verspiegelt. Man sah seine Augen nicht.

»Ich hätte es mir halt alles anders gewünscht«, sagte ich.

»Ich weiß«, sagte er, und ich beschloss, alles Weitere, das mir durch den Kopf ging, nicht mehr zu sagen.

»Schau mal, ich bin echt total durcheinander. Ich habe der anderen Jessica sogar angeboten, mit ihr zusammen ihr Kind aufzuziehen, das Kind eines anderen Mannes.«

»Also wolltest du doch wieder mit ihr zusammen sein.«

»Ich hab's mir eingebildet. Einen Moment lang war ich davon überzeugt. Wie gesagt, ich bin total durcheinander. Ich hab das gedacht, ja. Seitdem meine Mutter gestorben ist, hätte ich wahnsinnig gerne ein Kind. Am liebsten sofort. Ich meine *jetzt.* Ich weiß auch nicht, ist grad ne komische Zeit.«

Ich glaube, ich sagte dann insgesamt nicht mehr viel, während wir auf den weißen Plastikstühlen vor dem Café sitzend unsere Americanos tranken. Dann musste er los. An der großen Kreuzung, wo eine Trambahnhaltestelle ist und immer viel Verkehr, gab er mir einen schnellen Kuss auf den Mund. »Ich bin noch die ganze Woche hier. Wir sehen uns auf jeden Fall noch mal«, sagte er. Er musste lange warten, bis die Fußgängerampel auf Grün sprang, aber er drehte sich nicht zu mir um, die ich immer noch dastand in meinem Kleid, mit meinem Fahrrad, immer noch zu ihm sah.

Die nächsten Tage brachte ich in einer Art Nebel zu. Ich aß fast nichts, ich weinte nicht oder kaum, ich machte mit meinem Leben weiter, aber ich kann mich nicht erinnern, dass meine Füße die Erde berührten, und es war keine Haut um meinen Körper, nur am Gesicht, wo ich meine Backenknochen stark hervorstechen fühlte. Ich war ein Geist.

Kurze Zeit später lud das Haus der Kunst zur Sommerparty. Ich kannte die Frau, die den Einlass machte, Alicja. Sie stand unten an der Treppe zur Terrasse und stempelte mir einen kleinen Stern aufs Handgelenk, der mir Zugang zu einem VIP-Bereich ermöglichen würde, wie sie mir erklärte. Sie hatte die Haare wie immer zu einem länglichen Knoten aufgetürmt, der ihr wie eine kubistische schwarze Plastik aus dem Kopf wuchs. Ich war schon auf Partys gewesen, die sie für das Museum veranstaltet hatte. Sie waren immer sehr nett gewesen, oft hatten Gäste ihre Kinder dabeigehabt, ich hatte jedes Mal viele Bekannte getroffen. Aber an diesem Abend sah ich nur Fremde. Die meisten sahen sehr jung aus. Viele sprachen Englisch. Ein Mann mit Brille hatte einen *Lonely Planet Munich* in der Hand.

Es war noch hell, früher Abend, aber unter den Säulen standen die Menschen so dicht, dass ein Durchkommen nur mit Mühe möglich war. Ein DJ legte Musik auf, die für die Temperaturen viel zu dunkel war. Ich lief meiner Freundin Johanna über den Weg, und gemeinsam kämpften wir uns in den sogenannten VIP-Bereich, der sich als ein Stück der Terrasse etwas weiter hinten entpuppte, das durch eine Kordel vom restlichen Teil abgetrennt war. Sie wurde von einem Security-Mann bewacht. Es gab dort eine kleine Extra-Bar, lampionbeschienen und von Palmen in Kübeln eingerahmt. Wir besorgten uns etwas zu trinken und standen dann unter den Säulen herum, ohne uns groß zu unterhalten, weil die Musik zu laut war, und sahen Leuten beim Tischfußballspielen zu.

Irgendwann ging ich aufs Klo, und bis ich zurück war und mich wieder hinter die Kordel gekämpft hatte, war es dunkel. Ich konnte Johanna nirgends entdecken. Aber Claudius sah ich sofort. Sein schwarzes Hemd und seine schwarze Hose verschmolzen mit der Dunkelheit, aber sein blasses Gesicht stach hervor. Ich ging zu ihm. Er schien sich zu freuen, mich zu sehen, und wir begrüßten uns mit höflichen Wangenküssen. »Ist Tom auch hier?« Er ließ seinen Blick vage über die Terrasse schweifen. »Ja, irgendwo.« In der darauffolgenden Pause sahen wir uns einfach nur an, leichte Verlegenheit in Claudius' Lächeln, glaube ich, leichte Enttäuschung in meinem.

»Aber du passt schon ein bisschen auf ihn auf jetzt, oder?«

»Auf Tom?«, sagte Claudius. »Ach, come on.«

»Ja, auf Tom. Klar auf Tom. Ich glaube, dem geht's nicht so gut. Verständlicherweise.«

»Ja, er ist ein bisschen durch den Wind im Moment, aber das gibt sich auch wieder. Das ist jetzt niemand, der lange Spaziergänge in der Natur machen will. Der gibt sich halt gerade ein bisschen die Kante. Aber der weiß schon, was er tut. Der ist hart im Nehmen, Tom.« Er sagte es noch einmal: »Der ist hart im Nehmen«, diesmal in einem Tonfall, der signalisierte, dass dieses Gespräch beendet war.

Ich ließ ihn stehen, verließ den abgetrennten Bereich und scannte die Menge nun gezielt nach einem großen Mann mit schmutzig blonden Haaren ab, vorne länger, an den Seiten gestutzt. Ich stieß fast mit ihm zusammen, als ich mich irgendwann umdrehte. Bevor ich etwas sagen konnte, hatte ich auch schon seine Arme um mich, allerdings nur andeutungsweise, denn er hielt in jeder Hand einen Drink. »Du bist groß«, sagte er, nachdem er mich wieder losgelassen hatte. Ich trug hohe Absätze. Er selbst hatte Lederschuhe mit Metallschnallen an, die glänzten wie neu. Dazu einen dunklen Anzug, dunkles Hemd. In seinen Haaren steckte eine Sonnenbrille. Er sah gut aus, aber auch so, als wäre er nicht richtig da. Wie die Erinnerung an einen gutaussehenden Mann.

Er brachte sein Gesicht nahe an meines, und ich drehte meinen Kopf schnell zur Seite, so dass sein Kuss auf meiner Wange landete, aber das schien ihn auch nicht weiter zu stören, wenn er es überhaupt bemerkte. Als er einen kleinen Schritt zur Seite machte, stolperte er fast.

Eine Frau kam auf uns zu, dunkle lange Haare, herzförmiges Gesicht, und er reichte ihr einen der Drinks. Ich merkte, wie mein Magen sich zusammenkrampfte. Er sah wieder zu mir, und trotz meiner hohen Schuhe war ich immer noch so viel kleiner, dass er zu mir hinuntersehen musste. »Good to see you«, sagte er, aber es klang wie eine Floskel. Dann machte er wieder diese seltsame Sache mit meinen Haaren, fuhr mir damit in nervösem Zickzack mehrmals über mein Gesicht. Ich wich einen Schritt zurück, und er wandte sich der Dunkelhaarigen zu, die mich anlächelte, als kenne sie mich, und die beiden drehten sich um und waren schnell in der Menge verschwunden.

Ich ging zurück in den abgesperrten Bereich, stellte mich zu Bekannten, aber ich verstand nicht, worüber sie sprachen oder worüber sie lachten. Irgendwann, vielleicht eine halbe Stunde später, bemerkte ich plötzlich, dass Tom ebenfalls im Säulengang stand, relativ in meiner Nähe. Ich positionierte mich so, dass ich ihn im Blick hatte. Die dunkelhaarige Frau sah ich nicht, aber da war jetzt eine Blonde bei ihm, fast so groß wie er, in engen Jeans. Sie unterhielten sich, wie es aussah, über etwas Ernstes. Dann lachten sie plötzlich wie verrückt. Als eine Freundin von mir, die er kaum kannte, an ihnen vorbeilief, zog er sie an sich und ließ sie so lange nicht los, dass ich an ihrem Gesichtsausdruck ablesen konnte, dass es ihr unangenehm war. Irgendwann stand auch Alicja mal bei ihm. Er war nie allein.

Wenn ich an diese Szene zurückdenke, gelingt es mir kaum, einen klaren Blick auf ihn zu bekommen. Die Personen um ihn herum sehe ich vollkommen scharf, ihn dagegen immer leicht verschwommen. Bis zu jenem Moment, in dem er sich plötzlich in einer überraschend zielstrebigen Bewegung aufs Haus zubewegte. Er steuerte mit großen Schritten auf eine Tür zu, auf der »Kein Durchgang« stand. Sofort war ein Security-Mann zur Stelle und hielt ihn auf. Claudius, der die ganze Zeit in Toms Nähe gewesen war, aber nie an seiner Seite, hatte die rasche Bewegung seines Freundes wohl auch bemerkt. Er ging zu ihm, die beiden sprachen kurz miteinander, dann liefen sie zügig über die Terrasse in Richtung Treppe. Ihre Schritte in perfektem Unisono, verschwanden sie die Stufen hinab aus meinem Blick.

Kurz darauf ging ich nach Hause.

Am nächsten Vormittag rief mich Johanna an. Sie war noch bis zum Morgengrauen auf der Party geblieben und erstattete mir nun Bericht. Ja, Tom sei immer noch da gewesen, als sie ging. Irgendwann habe er mit einer Frau rumgemacht. Was das heiße? Na, rumgemacht eben. Claudius sei auch noch da gewesen, er und Tom seien andauernd gemeinsam auf den Parkplatz gegangen. Ach ja, irgendeine Frau sei irgendwann zu Claudius gegangen und habe ihm ihr Getränk ins Gesicht gekippt. Und Tom sei zuletzt so betrunken gewesen, dass er kaum noch habe laufen können. »Es würde mich nicht überraschen, wenn er heute nicht mehr weiß, dass er überhaupt auf dieser Party war.«

Es gebe da noch etwas, sagte sie, von dem sie finde, ich solle es wissen. Ihr Mann sei neulich bei Claudius eingeladen gewesen. »Er war total beeindruckt von dem Haus und der Sauna und überhaupt, und weißt du, was Claudius ihm erzählt hat?« Ich sagte nichts. »Er meinte, dass er und Tom Sexpartys veranstalten. Wusstest du das?«

Ich ging zum Geburtstagsfrühstück einer Freundin. Mir war nicht danach, aber es würden nur wenige Leute kommen, hatte sie gesagt, außerdem war es eine gute Freundin. Ich brachte ein Geschenk mit, sagte ein paar Leuten hallo, saß etwa eine Stunde in ihrer Wohnküche, in der es nach Rührei und gebratenem Lachs roch – bis ich mich plötzlich dringend danach sehnte, allein zu sein. Ich verließ ihre Wohnung und ging nach unten auf die Straße, wo ich mich auf die Stufen vor ihrer Haustür setzte, um eine Zigarette zu rauchen.

Ein Taxi hielt genau vor mir, und Alicja stieg aus, ihr Gesicht zur Hälfte von einer riesigen Sonnenbrille verdeckt, die Haare theatralisch aufgetürmt wie immer. Sie hatte etwas Weites, Schwarzes an, aus dem unten ihre Beine hervorragten wie Zahnstocher. Sie schien einen Moment zu zögern, als sie mich sah, dann kam sie auf mich zu. Mit einem langgezogenen Seufzer setzte sie sich neben mich. »Männer«, sagte sie. Es klang hasserfüllt. Soviel ich wusste, hatte sich ihr Freund vor kurzem von ihr getrennt.

»Vergiss ihn«, fuhr sie fort und schüttelte langsam den Kopf. Ihr Gesicht war so nahe an meinem, dass ich den Pfefferminzgeruch in ihrem Atem wahrnahm. »Im Ernst, der ist total verdorben, er und Claudius haben schlimme Abgründe, die sind wie Dr. Jekyll und Mr. Hyde.« Ich wollte sie unterbrechen, aber sie sprach einfach weiter, während sie ihre Sonnenbrille abnahm. Ihre Augen waren rot an Stellen, die eigentlich weiß sein sollten. »Sie sind pervers, echt, wegen dem musst du keine Träne vergießen, er ist es nicht wert, dass du traurig bist. Die sind total verkommen, alle beide, auch dein Tom.«

Von Nahem war kein Fältchen in ihrem perfekt gepuderten Gesicht zu sehen. Ihre Lippen waren grellrot geschminkt, der Sechziger-Jahre-Lidstrich saß perfekt. Sie sah aus, als habe sie sich in der Uhrzeit vertan.

»Was ist denn passiert?«, fragte ich, weil nicht nachzufragen in diesem Moment keine Option mehr schien.

Der bloße Gedanke daran schien sie anzuwidern. »Sie haben versucht, mich zum Sex zu überreden.« Sie sprach jedes

Wort mit demselben Gewicht aus, als gäbe sie schweren Herzens ein Geheimnis preis.

Sex, schon wieder Sex.

»Es fing schon am Nachmittag an. Zuerst hat mir nur Claudius getextet, dann auch Tom. Die waren echt hartnäckig. Ich solle mit ihnen im Porsche zu einem Hotel an irgendeinem See fahren. Die haben mich die ganze Nacht bearbeitet, die waren ständig an mir dran.«

Obwohl in ihrer Stimme Abscheu lag, meinte ich eine Spur Stolz herauszuhören.

»Aber war ausdrücklich von Sex die Rede?«

Sie sah mich an, als wäre ich bedauerlicherweise ein bisschen zurückgeblieben.

»Glaub mir, der ist total verdorben. Er ist nicht wert, dass du ihn liebst.« Sie legte mir einen Arm um die Schulter.

»Aber Alicja, wir sind nicht mehr zusammen, Tom und ich. Er kann machen, was er will. Ich weiß nicht, warum du mir das erzählst.«

»Ich will einfach nicht, dass du traurig bist.« Sie nahm ihren Arm wieder von mir und unterdrückte ein Gähnen. »Gott, bin ich verkatert. Das war eine großartige Party, oder?« Sie stand auf und zupfte sich ihr Kleid zurecht. »Kommst du mit rein?«

Ich sagte ihr, dass ich gleich nachkommen würde. Sie schenkte mir ein extragroßes Lächeln und ließ mich allein.

Sexpartys. Ein geplanter Dreier mit Alicja, jemandem aus ihrem Freundeskreis. Ich stand auf. Ein leichter Regen hatte eingesetzt, aber es machte mir nichts aus, ich bemerkte es kaum. Ich lief ein paar Meter die Straße hinunter und fand mich irgendwann auf der Treppe zu einem der benachbarten Gebäude wieder, mit beiden Händen fest ums Geländer.

Ich ging zurück zu meiner Freundin, wo man sich schon gewundert hatte, wo ich blieb. Ich sorgte dafür, dass ich nicht in Alicjas Nähe zu sitzen kam. Aber ich war nicht da. Mein Körper saß auf einem Stuhl neben Menschen, die ich kannte, in meiner Hand hielt ich eine Tasse Kaffee, aus der ich trank, es kann sein, dass ich mit jemandem gesprochen habe oder dass jemand mit mir gesprochen hat, aber in Wahrheit war ich anderswo.

Ich war in einem Haus, das von außen nicht einzusehen war, obwohl es Fenster hatte, doch die waren zur einen Seite hin verbaut und insgesamt eher klein. Innen gab es scharfe Kanten und Ecken und eine zu hohe Stufe, und alles war grau, nichts als grau. In dem Haus wohnte eine Katze, deren Augen nichts entging. Sie waren weiß mit blauen Sprenkeln darin. Und jetzt sah diese Katze, wie zwei Männer, die sie gut kannte, in dem großen Bett im obersten Stockwerk aufwachten, und vielleicht lag auch eine Frau neben ihnen, vielleicht lagen da sogar zwei Frauen. Sie wusste, dass der jüngere der beiden Männer als erster aufstehen würde, während die anderen noch liegen blieben. Auf dem heruntergeklappten Deckel des Konzertflügels in der Mitte des Raums waren parallele weiße Spuren zu sehen.

Sie würde dem jüngeren Mann in die Küche folgen und um seine nackten, schlanken Knöchel streichen, im Wissen, dass er sich dann herabbeugen und ihren Kopf kraulen würde. Sie hoffte auf etwas anderes zu essen als Trockenfutter. Aber es würde nichts anderes für sie geben. Es wäre ein Tag wie viele. Vielleicht stünden noch mehr leere Flaschen als sonst auf dem Betonboden, ordentlich in Reihe wie eine Schlange Trauergäste bei einer Beerdigung.

Wenn er zum Bett zurückkäme, hätte Tom ein Handtuch um seine Hüften. Er würde ein Tablett tragen mit einer Kanne dampfendem Kaffee und Tassen. Claudius wäre noch unter der Decke, seine bleiche Haut leicht gerötet, seine Augen halb zu. Die Gesichter der Frauen sah ich nicht, sie blieben anonym. Würden sie jetzt noch mal aufnehmen, was sie unterbrochen hatten, als das Kokain seine Wirkung verlor?

Zu Hause suchte ich nach einer Mail, die Roni mir schon vor einiger Zeit geschickt hatte. »Tom & Claudius?« hatte ihre Betreffzeile gelautet. Es war ein Link zu einem Blogeintrag, in dem es um Hedonismus ging. Ich hatte den Text damals nur kurz überflogen, jetzt las ich ihn Wort für Wort. »Ähnlich wie der reine Nihilismus braucht der Hedonismus keine ethischen Richtlinien, da sein einziges Ziel die Maximierung körperlicher Freuden ist. Dieses Ziel, Genuss, wird erreicht, indem allem nachgegangen wird, was ein unmittelbares Erreichen des Ziels herbeiführt. Sex, Alkohol, Essen und Drogen ersetzen Tugenden wie Mut, Mäßigung, Großmut oder Gerechtigkeit. Der Freundschaft kommt dabei eine neue Bedeutung zu, da Hedonisten einander beim Streben nach immer neuen Höhepunkten des Genusses helfen. Das Vertiefen der Bindung wird in Bezug auf das pure Vergnügen neu definiert.« Und, weiter unten: »Hedonisten umgeben sich bevorzugt mit anderen Hedonisten und verachten Nicht-Hedonisten.«

Traf das auf Claudius und Tom zu? Glaubten sie, das ultimative Vergnügen ließe sich noch steigern, wenn man die Erfahrung miteinander teilte? Hedonismus sieht laut Definition keinen Wert in Leiden und Schmerz. Was aber, wenn Leiden und Schmerz im Leben nicht zu vermeiden sind? Was, wenn es nie genug Sex, genug Alkohol, genug Drogen geben kann, um Leiden und Schmerz zu entfliehen?

Toms Haltung zum Leben hatte immer etwas Unschuldiges gehabt. Etwas beinahe Kindliches. Warum nur ein Steak, wenn man zwei essen kann? Warum nicht alle Nachtische bestellen, die auf der Speisekarte stehen? Warum nicht Sex mit mehr als einer Person, wenn es sich für alle gut anfühlt? Selbst sein Drogenkonsum hatte, wenn auch etwas exzessiv, wie eine charmante und verzeihliche Schwäche gewirkt. Aber jetzt war es anders. Jetzt kam es von einem anderen Ort. Er war zweifellos leidend und voll Schmerz. Ein Mensch, beschädigt von Trauer, verlassen, wackelig, ohne Halt. Und auch wenn er alles in seiner Macht Stehende tat, sich zu betäuben, musste er doch manchmal dieses Gefühl spüren, von dem ich gelesen hatte: einen Schmerz, der einem Eingeweide, Herz und Seele rausreißt. Sah Claudius nicht, dass es nicht länger um Vergnügen ging? Müsste ein Freund das nicht sehen?

Am Nachmittag musste ich ein paar Sachen bei der Änderungsschneiderei abholen. Der Laden war in der Nähe von Claudius' Haus. Ich kam von der Arbeit und war zu Fuß unterwegs, fest entschlossen, ihre Straße um jeden Preis zu umgehen, auch wenn ich nicht davon ausging, dass Tom um diese Uhrzeit zu Hause war. Ich hatte vor, die Parallelstraße zu nehmen. Aber ich fand sie aufgrund von Bauarbeiten gesperrt.

Wie viele Zufälle müssen zusammenkommen, damit man jemanden auf der Straße trifft? Wäre ich schneller gelaufen und hätte eine grüne Ampel früher erwischt oder wäre ich nicht noch mal umgekehrt, um meinen Regenschirm zu holen, oder hätte ich unterwegs jemanden getroffen und wäre aufgehalten worden oder hätte Tom kürzer geduscht oder wäre er noch in die Küche gegangen, um ein Glas Wasser zu trinken, oder hätte er eine E-Mail beantwortet, bevor er das Haus verließ – dann wäre ich nicht exakt dann in ihre Straße gebogen, als er aus ihrem Eingang trat.

Aber da war er. Uns trennten nur wenige Meter. Niemand hätte ihn übersehen können, so schreiend gelb war sein Hemd. Ihr Haus sah so gewöhnlich aus bei Tageslicht. Keiner der Passanten sah die grimmige Fassade hinauf oder warf einen neugierigen Blick in die dunkle Einfahrt. Einfach nur ein Gebäude zwischen anderen. Tom war am Telefon, er lachte, den Blick fest auf den Bürgersteig geheftet, kam er in meine Richtung. Hat er mich gesehen, fragte ich mich, als er so nahe war, dass ich die Hand ausstrecken und ihn hätte berühren können, und mein Herz schlug auf einmal wie verrückt. Aber ich war mir sicher, dass er nicht aufgeblickt hatte. Und in einem Augenblick, den ich für immer wie in Zeitlupe erinnern werde, entschied ich, nicht stehen zu bleiben, sondern weiterzugehen.

»Verlass mich nicht«, sagte ich nicht.

QUELLENNACHWEIS

S. 75
D12, »Shit on You«
Musik & Text: Lonnie Smith, Denaun Porter, Ondrea Moore, M. von Carlisle, Rufus Johnson, Kevin Bell, Marshall Mathers

S. 186
Johnny Mathis, »It's Alright to Love Me«
Musik & Text: Nile Rodgers, Bernard Edwards